セシル文庫

悪役王子と異世界ロマンス!?

～溺愛モードでロックオンされています～

しみず水都

イラストレーション／みずかねりょう

◆目次

この作品はフィクションです。
実在の人物・団体・事件などに
一切関係ありません。

悪役王子と
異世界ロマンス!?
～溺愛モードでロックオンされています～

1

その日九郎《くろう》は浮かない表情で、研究室の扉を開けた。

「あれ？　市川《いちかわ》先輩どうしたんすか？　もう試作品は完成したんですよね？」

後輩の仁村《にむら》が、入ってきた九郎を見て驚いている。

「ああ、うん……」

自分のロッカーを開けながら曖昧《あいまい》にうなずいた。

ここは次世代工学を扱う大学の研究室で、修士課程や博士課程に進んだ院生が主《おも》に使っている。

九郎は修士課程の二年目だ。論文を裏付ける実験モデルを作成している。リュックを放り込むと、いつものように実験用の白衣を羽織《はお》った。

「最後の仕上げか何かですか？　そういえば、三条《さんじょう》先輩もさっき来てましたよ。教授に呼ばれて本棟に行っちゃいましたけど」

九郎と同じく白衣姿の仁村がこちらに向かって告げる。仁村は一年後輩で、修士論文のための実験を春に始めたばかりだ。

「三条が？　そうなんだ……」

九郎は興味なさそうに返すと、ロッカーの中にある小さな箱を取り出す。

「三条先輩はすごいもの作っちまいましたよね。俺、生きているうちにこんなものを見られるとは思いませんでしたよ」

仁村は目を輝かせて研究室の中央にある扉に目を向けた。

「三条は天才だからな。——それうっかり開けるなよ。まだ調整中だから、とんでもないところに飛ばされるぞ」

冗談交じりに注意する。

「大丈夫っすよ。しっかり鍵がかかってますから、開けたくても無理っすよ」

軽い感じで返された。

（確かにまあ……すごい発明だよな）

九郎は横目で見る。

三条が作成したのは、物質瞬間移動扉だ。扉を開けると別の場所に行けるという、大昔のマンガにあったアレである。

AI《エーアイ》（人工知能）の進化により、次世代工学なるものが飛躍的に発達して数十年。ちょっと前なら一笑《いっしょう》に付されるような発明品が、現実に作れてしまうようになった。

とはいえ、まだまだ発展途上で、すべてのことが実現するわけではない。三条雄介《ゆうすけ》のような天才が、たまにすごいものを生み出してしまう程度である。

（僕の発明なんてなあ）

手のひらに載っている箱を見下ろす。

九郎が発明したのは、言語変換ピンというものだ。耳の後ろに刺せば、知らない外国語が自分の知っている言葉に変換され、鼓膜《こまく》を震わせる。そして自分が発する返答も、耳に届いた言語に変換して発声されるのだ。

後輩たちは素晴らしい発明だと褒めてくれるが、スマホの翻訳アプリがちょっと便利になったようなものである。三条の『どこでも扉』に比べたら、大きく見劣りした。

それでも、この発明に関する卒業論文で九郎は大学を卒業し、大学院の研究室に入れたのである。そして研究室で現物を完成させることにより、修士課程の修了が認められることになっていた。修士の資格を得れば就職に有利なので、これを完成させられてなによりだと思っている。

「試作品の調整なら俺が手伝いますよ」

仁村がうつむいている九郎に声をかけた。

「ああ、いや、これの調整に来たわけじゃないんだ。ちょっと家にいたくなくて……」

苦笑いで仁村に告げる。

「……もしかして、先輩の姉上っすか？」

声のトーンを落として質問された。

「そう……今日が発売日で、例によって激怒していてさ……」

同じく低い声で答える。

「毎回大変っすね」

事情を知っている仁村が同情の目を向けてきた。

九郎の姉は、『悪役王子が王太子と平民令嬢から王位を簒奪《さんだつ》しようとしています』というライトノベルに嵌《はま》っている。物語に一喜《いっき》一憂《いちゆう》し、新刊が出るたびに悪役王子に激怒していた。そして必ずそれを九郎に話し、喜怒哀楽をぶつけてくるのである。

そんな架空《かくう》の話などに心酔《しんすい》してどうするんだと思うが、姉にとっては現実より大切な世界のようだ。その情熱を傾ければ空だって飛べてしまうかもと思うほど……。

だが、九郎にとっては迷惑なだけだ。なので、今日は用もないのに大学の研究室に来てしまったのである。九郎の家は大学に近い場所にあるため、仁村たちも家に来ると姉から強制的に聞かされていた。だから大変さを理解してもらえている。

「それなら市川先輩、今は手が空いてるんすよね？　ちょっと手伝ってもらえませんか」

仁村に頼まれる。

「いいよ。何をすればいい？」

翻訳変換ピンが入った箱を持って仁村の方へ行った。

「そこのフラスコに、ピペットで五秒ごとに薬品を落としてもらいたいんすよ」

フラスコの中の変化を書き留めていきたいらしい。

「いいけど、電動マイクロピペットで自動滴下《てきか》すればいいだろ？　その方が正確だし」

「昨日家で使おうと思って持ち帰ったんですよ。んで、今日は忘れて来てしまって……。でもまあ、少しアナログなケースの数値もあったほうがいいかなと」

えへへっと、仁村が笑った。

「相変わらずいい加減だなあ」

仁村はおちゃらけた性格で抜けているところもあり、研究者としてはかなり不安な面がある。実験もよく失敗していた。

九郎はピペットのあるところへ行く。一番長いピペットがスタンドに固定されていて、先端がフラスコの上部に向いている。

「これを一滴ずつだな……っと？」

見下ろして九郎はフラスコの方へ顔を寄せた。

「どうかしましたか」

テーブルの向かい側でタブレットを用意していた仁村が顔を上げる。

「もしかしてピペットの中に、この薬品が入っているのか？」

フラスコの横に置いてあった薬瓶を指す。

「はい。ザキノールです」

「これ違うよ。劇薬のザザノールだ」

「ええ？　うわっ、本当だ！」

椅子に座っていた仁村は、ヤバイという顔で立ち上がった。

「おいおい、勘弁してくれよ、こんなのを濃硫酸《のうりゅうさん》の中に滴下したら、大爆発を起こすぞ」

少し厳しい口調で仁村に注意した九郎の目に、ピペットの先からザザノールの半透明なしずくが出ているのが映る。仁村がテーブルに手を突いて勢いよく立ち上がった振動で、中の液体が出かかってしまったらしい。

「う……っそだろ！」

しずくがピペットの先端から離れて、フラスコの中に落ちようとしていた。九郎はそれを見て、慌てて後ろに飛び退く。

「あわわわわ」

仁村が机の下へ身体を伏せる。

九郎も机の下に逃げようとしたのだが……間に合わなかった。

フラスコの中にしずくが落ちた瞬間、爆発音と爆風が同時に襲いかかってくる。

「うわあっ！」

九郎の身体が後方へふっとんだ。

背中が何かに強くぶつかり、バンッという音が耳に届く。

「――っ！」

身体に激痛が走った。

そしてそのあと、ふたたび身体が飛んでいく。


「い……った……ぃ」

うつ伏せに倒れていた九郎は、強烈な痛みに呻きながら顔を上げた。

（爆風で研究室の外に飛ばされたか）

だが、目の前に緑色のものが広がっていて首をかしげる。

「……草？」

研究室の周りはコンクリートで固められていた。草むらのようなものはない。

「なんで？」

あたりを見回すと、木立に囲まれた草原のようなところに九郎はいる。

「せんぱーい！　大丈夫っすかー？」

背後から仁村の声が響いてきた。

「え……」

振り向くと、草むらの中にぽっかり長方形の穴が開いている。その向こう側に、研究室と白衣の仁村の姿があった。長方形の穴の側面には見知った扉があり、こちら側に開けられている。

「ここって……三条の『どこでも扉』の向こう側か？」

研究室に向かって問いかける。

「そっす。先輩が背中からぶつかったら、なんか開いちゃったんすよ。鍵かかってなかったんすね」

能天気に笑っていた。

「笑い事じゃないよ。あー痛いっ」

背中を押さえて草の上に座り直す。

「先輩そこどこっすか？　なんか高原みたいっすね」

仁村が問いかけてきた。

「えっと、どこかな……北半球ではないようだ」

新緑がまぶしい。

九郎たちのいるところは秋なので、季節が明らかに違う。

「なんか綺麗な場所だな」

カレンダーで見た英国の丘陵地帯に似ている。いったいどこだろうと視線を巡らせたところ……。

「えっ！」

自分の背後に子どもが座っていることに気づいた。二、三歳くらいの男の子で、金髪でくるんくるんな巻き毛をしている。

（が、外国の子？）

目を見開いて凝視してしまった。

白い肌にモチモチのほっぺ、クリクリした緑色の大きな瞳。子どもの頃姉が持っていた西洋人形《ビスクドール》そのものの容姿をしている。

子どもは九郎と同じように大きく目を見開き、こちらを見ていた。

「◎×▼□、◎×▼□、◎×▼□」

なにやら九郎に訴えかけている。

「なに？」

「◎×▼□◎×▼□！　◎×▼□◎×▼□！」

今度は怒ったように叫び始めた。英語でもドイツ語でもフランス語でもない。聞いたことのない言語だ。

「ラテン語とも違うし……ていうか、これ、言語か？」

ピーピーという電子音のようなものが子どもの口から発せられている。言語変換装置を研究している九郎は、世界中の言語を集めてＡＩ《エーアイ》に覚えさせていた。だが集めた中にこんな発音の言語はなかったように思う。

「子どもだからかな……」

幼児語やスラング等は数が膨大なので集めきれない。

「◎×▼□。◎×▼□！！！　◎×▼□。」

子どもは意味不明の言葉を発しながら、緑色の瞳に涙を溜めて九郎になにやら訴えている。

「うーん……」

ピラピラがついた水色のスモックを着た子どもと向かい合い、草の上に座ったまま九郎は困惑する。

「せんぱーい。どうしたんすか？　三条先輩に無断で使ったらやばいっすよー」

背後で仁村が叫んでいた。

「そ、そうだな……いててっ」

振り向いて腰を上げようとしたら、先ほどぶつけた背中に痛みが走る。

同時に子どもの泣くようなピーピー声が大きくなった。

「◎×▼□◎×▼□◎×▼□！！！」

「ああ、えっと、もしかして迷子なのかな？　何を言っているのかわかれば……」

そこで、自分が手にしている箱を見てはっとする。

「もしかしてこれ、使える？」

あらかじめインプットされている言語だけでなく、知らない言語やイレギュラーなものについても、少々経験させればＡＩ《エーアイ》が推測して翻訳してくれるようになっていた。

九郎は箱を開けて、耳の後ろに自動言語変換ピンを刺してみる。ほんの三ミリ程度の針が耳の後ろの骨に触れると、変換された言語が脳に伝わるという仕組みだ。

「ぼく、ぼく、ぼく、おしろ、おしろに、かえるううう！」

という言葉が九郎の背後から聞こえてきた。

（おお、ちゃんと変換されている！）

変な言葉でも九郎がわかるように聞こえてきて、感動しながら子どもを見る。

（僕の言葉もわかるだろうか）

「えっと、僕は九郎というんだ。きみは迷子なのかな？　お名前は？」

声をかけてみると、子どもは泣くのをやめて顔を上げた。

「クロウ、ぼくは、イーロス。おしろ、わからなく、なったの」

ちゃんと返事が戻ってくる。

「お城……」

やはりここは外国のどこからしい。だが、北半球は現在どこも秋である。欧州などは冬に近い。

（オーストラリアやニュージーランド？　あそこに城ってあるのか？）

大英帝国統治時代のものがあるのかもしれないと思ったが、イーロスの言語は英語ではなかった。

「ここは……なんていう国なのかな？」

　しゃくりあげているイーロスに問いかけてみる。

「わ、わかんない」

　イーロスは首を振った。この年齢で国の名前など認識できていないのだろう。

「きみの帰りたいお城の名前は？」

　これも無理だろうなと思いながら質問する。

「おしろは……サスティーンだよ」

「サスティーン……聞いたことあるような……」

　しかもかなり最近だ。

「あっ！」

　九郎の脳裏に姉の顔が浮かび、思い出す。

（姉貴の読んでいるライトノベルの国名が、サスティーンだった！）

　丘陵地帯に広がる緑豊かな王国という設定で、このところその国のお家騒動みたいな物語をしつこく聞かされている。

「まさかここ……ラノベの世界じゃないよな？　どこでも扉が異世界にまで繋がっている

なんて、ありえないだろ?」

きょとんとしているイーロスを見つめながら九郎が思った時……。

前方からひゅうっと風が吹いてきた。

木の枝が大きくそよぎ、ざあっと草が舞い上がる。まるで頭上を何か大きなものが飛んでいったような風だ。

「うわっ」

「わああんっ」

肩をすぼめた九郎に、子どもが抱きついてくる。

「ああ、大丈夫だよ。ただの風だから……」

子どもの背中を撫でながら、ここが異世界のはずはないと顔を上げる。

すると……。

前方の丘のようなところに黒いものが目に入った。

(なにあれ……)

四つ足の生き物がこちらに向かって走ってきている。

「馬だ……」

艶《つや》やかな黒毛の馬に、長い黒髪の人物が乗っていた。丘の急な斜面を駆け下りてくる。

横からの強い風などものともせず、まっすぐこちらに向かってきた。

（まさかあれ……鎧《よろい》？）

革の鎧と思われるものを身に着けた男性であることが、近づくにつれてわかってくる。黒髪だが東洋人ではなく、彫りが深くて西洋人ぽい風貌《ふうぼう》だ。まるで中世の騎士のようである。

「え、映画かなにかの撮影？」

思わず子どもを抱き締めてつぶやく。

「イーロス！」

近づいてきた男が、馬上から大きな声で叫んだ。

「フォルーーー！」

子どもは弾けるように九郎から離れると、馬に向かって駆け出す。どうやら子どもを迎えに来たらしい。強面《こわもて》な美形だが、子どもには柔らかな眼差しを向けている。

「よかった……」

ほっと息をつき、研究室に戻ろうとした時だった。

「え？　あ？　あれ？」

振り向いた九郎は驚いて目を見開く。

それまであった扉が消えていた。

ぽっかり空いた空間や、その向こうにある研究室と仁村の姿がない。ただ草原の風景が続いているだけだ。

「ちょっ、おい、仁村！」

扉のあった場所に向かって走り出す。背中に激痛が走ったが、扉が消えてしまったことの方が重要だ。

「……！」

扉があった場所に手を伸ばしたが、九郎の手は何も当たらず宙を切った。

「嘘だろ」

驚愕して草むらに膝をつく。

「おいおまえ！　逃げようとしても無駄だぞ！」

後ろから男性の怒声が追いかけてきた。馬に乗ってきた男の声だ。腹の底に響くような美声だが、今はそれに構っていられない。

「……仁村！　開けてくれよ！　仁村！」

九郎は何もない空間に向かって叫んだ。手で前を何度も探るが、まったく手ごたえがない。

「イーロスを誘拐してただで済むと思うなよ！」

ぐっと首が締まった。男に後ろ襟を掴まれたらしい。

「や、やめろ！　僕はあっちに戻るんだ。は、放せ！」

叫びながらじたばたする。

「あっちには何もないぞ。誤魔化して逃げようとしても無駄だ！」

襟を強く引っ張られた。

首がぎゅうっと締まる。

「んぐっ！」

背中の激痛と扉が消えてしまった衝撃。それに加えて酸欠《さんけつ》に襲われ、九郎の目の前が真っ暗になった。

2

九郎の目の前に、先ほど出会った強面の美青年がいる。

長い足を少し開き、筋肉質そうな両腕で子どもを肩に抱えている。子どもは眠ってしまったようで、ぐったりと動かない。黒髪の美青年は、ずっと九郎を睨み下ろしている。

「あの……」

大理石のような冷たい床に座ったまま、九郎は困惑の表情で見上げた。鋭い視線に見据えられ、背筋がぞっとする。革鎧は脱いでいるが、迫力は変わらない。

普段は欧米の研究者と画面越しにネットで会話しているし、留学や研修、学会などで何度も渡航《とこう》しているので、外国人に対するコンプレックスはない。だが、目の前にいる西洋人ふうの男は、これまで会ったことのない種類の人間だった。

(本当に……ここは外国なのか?)

外国でなければどこなんだよとセルフ突っ込みをしたせいで、九郎の顔に軽く笑みが浮かんでしまう。

「余裕だな」

九郎の表情に気づいた男から冷たい声が飛んでくる。

「いや、そういうわけでは……ほ、本当に、困っていますし……」

肩をすくめて返した。

「そもそも、一瞬で移動できる扉で異国からやってきたなど、信じられるわけがないだろう？」

呆れたような表情で言われる。

「で、でも、本当なんです」

これが嘘や夢ならどんなにいいかと、九郎は思う。

「本当はこの子を誘拐したのだろう？　正直に言ってみろ」

抱えている子の背中を撫でながら命じられた。

「誘拐？　その子を？　なんで僕が？」

「理由は俺の方が聞きたいね」

小馬鹿にしたような目で見下ろされる。その視線に、なぜか九郎の中でカチンとくるものがあった。

恐ろしい目で睨まれるよりも、馬鹿にされることの方が気に障ることがある。

「失礼な男だな。僕はこれでも正直に答えている。その子のことは知らない。さっき初めて会ったばかりだ。お城に帰りたいと大泣きしていたんだよ」

少し強い口調で返すと、怒った表情のまま九郎は勢いよく立ち上がった。

だが……。

「あたたたたっ！」

背中に鋭い痛みが走り、背中を押さえたまま膝を突いてしまう。せっかくかっこよく言い返したのに、これでは台無しだ。

「なんで背中が痛いんだ？」

「だから……向こうの国で爆発に遭って、背中から扉に吹っ飛ばされたからだよ」

遠くの場所に行ける扉に当たってしまい、この国に飛ばされてしまったのだと、九郎は何度めかわからない説明をする。

「嘘つきだな。そんな扉はどこにもなかったぞ。まあ、その変な服装は異国のものっぽいな。だが、バザール辺りで行商人《ぎようしようにん》から手に入るからな」

「どうして僕の話を信じてくれないんですか」

痛みを堪えながら言い返す。

「AI《エーアイ》だの瞬間移動だの、ありえないからだよ。扉だってなかった。おまえは嘘つきの誘拐犯だ」

「ちが……うっ！」

叫ぶと痛いので、途中で言葉が切れてしまう。

「そうだよ。クロウはうそつきじゃないよ」

突然男が抱いている子どもから声がした。

「イーロス！　うるさくて目が覚めてしまったのか」

男が子どもを抱え直す。

「ぼく、とびらをみたよ。むこうにおへやがあったよ。クロウはむこうからきて、ぼくをたすけてくれたんだよ」

「扉があっただと？」

「うん。かぜがふいたらきえちゃったの」

「……そこからこいつが来たとして、なぜイーロスがあそこにいたんだ？」

誘拐されていなければいない場所だと男が問いかける。

「おにわにでたら、かいだんがあったの。おりたらとりさんがきたの。おおきいくろいとりさん。おいかけてきて……」

イーロスが顔を歪《ゆが》ませ、男に抱きつく。

「こわかったよう」

大声で泣き始めた。

あそこにいた理由を思い出し、恐怖が蘇《よみがえ》ったらしい。

「おい、誰か！」

部屋の外に向かって男が声を発する。すると、入口の扉が開いて女性が数人、部屋の中に入ってきた。

（え？　メイドさん？）

スカートがふわっと広がる丈の長いワンピースに、白いヒラヒラがついたエプロンドレスを纏っている。

昔の英国貴族が出てくるドラマのメイド服っぽい。

「この子を頼む。あと、俺の部屋にガジェラの葉を用意しておいてくれ」

男は子どもをメイド風の女性に頼むと、九郎に向かって屈み込む。

「……っ！」

腹部に男の手が差し入れられ、ひょいと持ち上げられた。驚いて声を発する間もなく、小脇に抱えられる。

「な、なにするんですか」

まるで子犬のように運ばれながら、九郎は抗議の声を上げた。

「向こうにある俺の部屋で話を聞く。背中が痛くて歩けないのならこうするしかない」

傲慢《ごうまん》な答えが頭上から降ってきた。

（か、勝手すぎないか?）

扱いが乱暴すぎると思うが、ここで暴れて落とされたら困る。とりあえず大人しく運ばれたのだが……。

（すごい、ここ、本当にお城だ）

廊下と思われる場所に、黄金の枠が嵌められた窓や鏡がずらりと並んでいる。壁と天井には繊細なレリーフが施されていて、豪華なシャンデリアがいくつも下がっていた。

草原で気を失い、気がついた時には先ほどの部屋に転がされていたので、城の中を見たのはこれが初めてだ。

重厚な扉が各所にあり、剣を携えた衛兵が立っているところもある。男が通り過ぎる際には、背筋をピンと伸ばして敬礼していた。どうやらこの黒髪の男はかなり偉い人物らしい。

しばらく進んだ先にある扉の中に、男は入っていく。広めの部屋だが、廊下や先ほどいた部屋のような絢爛《けんらん》さはない。マホガニーブラウンの重厚な机と家具調度品。落ち着いた雰囲気の長椅子などが置かれている。白い石柱の間にある壁は明るい灰色で、そこに絵画やタペストリー、大きな地図などがかかっていた。

男は長椅子に九郎を下ろすと、頭を大きな両手で覆うように掴んだ。

「なにをするんですか！」

髪をぐしゃぐしゃにされて抗議する。

「この中に何か隠しているのかもしれないからな。まあ、何もなさそうだが」

九郎の頭から手を離した。それでなくともぐしゃぐしゃだった髪がめちゃくちゃになっている。

「何も隠すわけないじゃないですか。もう……。いったあなたは何者ですか。ていうか、ここはどこなんです？」

九郎は自分の髪を直しながら質問した。

向こうの部屋にいたときからずっと、九郎は男から質問攻めにされている。逆にこちらから問いかける機会がなかった。

「ここはサスティーン王国の王宮だ」

「え……」

ものすごく聞き覚えのある国名に、九郎は目を見開く。

「ま、ま、まさか……あなたは……王子？」

サスティーン王国でこの風貌だと、姉が読んでいるライトノベルでは……。

「第二王子のフォルティスだ」

やっぱり、という答えが戻ってきた。九郎はさらに驚いて硬直する。

（嘘だろ？　ぐ、偶然だよな？　で、で、でも……）

この世界は見るからにアナログだ。この豪華な部屋にテレビや電子機器などはなく、照明もロウソクや油を使う仕様に見える。

「変な驚き方をしているな。本当にここがどこで俺たちが誰なのか、知らないと思わせるような演技だ」

フォルティスから感心した表情を向けられた。

「演技なんかじゃない。本当に、ここがサスティーン王国だなんて……それなら、あなたのお兄さんは、えっと、王太子の……トニエス？」

「なんだ。知っているじゃないか」

「知らない。知らないけど、知っているんだ」

支離滅裂な答えを返してしまう。

「怪しすぎる」

再びフォルティスから疑惑の目で見られた。だが、九郎には彼の言葉や視線に構っている余裕はない。

「ここ外国じゃないのか？　も、物語の世界に飛ばされるなんて……ありえない。信じられない」

頭を抱えてうなだれる。足元には見るからに高価そうな絨毯《じゅうたん》が敷かれていた。

「この豪華な家具や調度品とか、すごい馬とか、騎士の革鎧とか……テーマパークにあるものとはレベルが違うし……」

英国の宮殿に雰囲気が近いけれど、あそこはすべて電化されている。なにより、王子が革鎧を身に着けるなんてことはない。

そしてはっとする。

「本当にここがサスティーン王国で、ライトノベルの世界に飛ばされたのが事実だとしたら、僕はどうやって元の世界に戻ればいいんだ？」

頭を抱えたまま、九郎はつぶやく。

「さっきから、なにをぶつぶつ言っている？　正体を誤魔化したくてうつけのフリをしているのか」

「僕はうつけなどではない。け、研究者だ。でも、違う世界の人間で……」

「外国から飛ばされて来たというのは何回も聞いている」

「外国じゃない。異世界だよ。違う世界からだ」

「意味がわからないな」

「……もう……わからなくていいよ」

ぶっきらぼうに答えた。

「外国ではなく異世界だと訂正したのはおまえだろ？」

どうでもいいなら拘《こだわ》るなと返される。

「僕だって……わからないことだらけなんだ。こんな、夢みたいなこと、そもそもありえない。でもこれが現実なら……戻れない僕はどうなる？　ここで……朽ち果てるのか？」

目の詰まった高級そうな絨毯に膝をつき、九郎は肩を落とした。

扉が消えてしまったので、自分から戻るのは不可能である。いくら天才の三条だって、ライトノベルの世界に飛ぶように、扉を調節することはできないだろう。

絶望と背中の痛みに、九郎の目から涙が溢れる。

「男のくせに泣くなよ」

フォルティスから降ってくる厳しい声。

「ぼ、僕のことを何も知らないで、疑うだけのやつに……こ、この悲しさが、わかるもんか！」

家族も友人も大学も研究も未来も、みんな無くしてしまったのだ。絶望的な気分で九郎は言い返す。

「……ひっ！」

突然腕を掴まれ、ぐっと引っ張り上げられた。九郎は背中の痛みと驚きで、うめきながら顔を歪める。

「泣いて誤魔化して許されるのは、子どもだけだ」

厳しい声とともに、後ろ襟を掴まれた。

「まずこの変な服を脱げ」

背後に回ったフォルティスの声。

「な、なにをっ……」

振り向いた九郎の目の前に、両刃の剣がギラリと光った。それが頭上に掲げられ……。

「やっ！　やめっ、わあああああっ！」

後ろ襟の上部から、白衣とシャツを縦に切り裂かれた。九郎の目の前に、纏っていた白衣と衣服が、腕からするりと抜け落ちていく。続いて腰の後ろをひっぱられて、切られたベルトと一緒にズボンと下着が床に落下した。

「な……んで？」

一瞬にして衣服を脱がされ、靴と靴下以外に何も身に着けていない姿にされてしまう。

（僕がいったい何をしたというんだ！）

理不尽な状況についていけない。

異世界から来たというだけで罪なのだろうか。人間界の自分がいてはいけない場所なのはわかるが、こんな扱いを受けなければならない謂《い》われはない。

そこまで考えて、九郎ははっと気がついた。

自分はいてはいけないライトノベルの世界にいる。そして相手はこの世界では非情で有名な悪役王子のはずだ。

彼は物語の中で、自分が邪魔だと思った相手は容赦なく処刑している。

（それなら僕は……殺される？）

足元に落ちた衣服を凝視しながら、九郎の身体が震えてきた。

「小娘みたいに震えるな」

厳しい声がして、背後から手が伸びてくる。大きな手のひらが九郎の両肩に乗せられたあと、すうっと首筋に移動してきた。

「う……っ」

ぐっと締められる。

（ああもうだめだ……っ！）

自分はわけのわからない世界で殺されるのだ。夢なら醒《さ》めて欲しいと思うけれど、裸にされた身体にまとわりつく冷えた空気と、首を覆う温かな手のひらに現実だと思い知らされている。

だが……。

ある程度までしか首は絞められず、普通に呼吸ができていた。しかも、手は首から外れて胸や背中の方に移動し始める。

「は、あの？　なに、ひゃっ」

肌を撫でられ、くすぐったさに変な声が出た。

「大人しくしていろ、身体に何か隠していないか確かめているだけだ」

（隠す？　確かめる？）

フォルティスの言葉の意味がわからず、九郎はくすぐったさに身体を捩《よじ》る。

「この王宮では、最近毒を盛られたと思われる事件が複数発生している。それゆえ、外部から入り込もうとする者には、身体検査が課せられている」

（ああ、そういえば……）

姉から聞いた話の中に、毒殺事件のようなものがあった。だがその犯人は、悪役王子だとされている。悪役王子のはずのフォルティスが、毒殺者ではないかと侵入者を検分するだろうか。

（この王子とあの悪役王子は同じじゃないのか？）

困惑するけれど、そのことに構っている余裕はなかった。彼の手があちこち肌を撫で回し、くすぐったくてたまらない。

「まるで鍛えられていないな」

筋肉のなさに呆れている。

「だから僕は、け、研究者だ」

身体を鍛えている余裕などないと訴えた。

「毒の研究をしていたのか」

「僕は、毒なんか、知らないし……あっ、あぁっ」

腹部を撫でていた手がさらに下に移動し、茂みを丹念に探っている。恥ずかしくてくすぐったいが、背後からフォルティスに抱き込まれるようにしているために逃げられない。

それに、逃げようと身体を捩ったら、背中の痛みが増すだろう。フォルティスの纏う服のボタンさえ、痛めている背中に厳しい硬さだ。

「おまえ……女性のような肌をしているのに、やはり男なんだな」

つぶやきながら九郎のモノを手のひらに乗せている。

「ちょっ、それは、やめろ」

あまりの恥ずかしさに怒りを覚え、九郎は叫ぶように命じた。だがフォルティスは意に介さないようで。

「でもまあ、小さいな……」

くすっと笑ったような声で九郎のモノを握った。

(当然じゃないか)

変な世界で裸にされ、殺されそうになっているのだ。あそこだって恐怖で縮こまるに決まっている。

羞恥に悔しさが入り混じり、九郎の目にふたたび涙が滲んだ。

「ちゃんとしたモノを持っているのに、めそめそ泣くなよ。これ、使えるんだろう?」

九郎のモノを軽く扱《しご》きながら問いかけられる。

「……こ、こんな、知らない世界で、剣を突きつけられて、そんなことされたら……泣きたくもなるよ……」

軽くしゃくりあげながら訴えた。

「肌色の隠し布で毒を貼り付けたり、こういう場所や身体の孔《あな》に毒薬を隠すこともあるから、やらないわけにはいかない。ふむ、軽く勃《た》ってきた」

手の中のモノを弄び続けているフォルティスが、九郎の肩越しに股間を見下ろしてつぶやく。

「や、やめっ、あぁ」

絶妙な力加減で扱かれると、恐怖で縮こまっているそこが反応しはじめた。

「意外に大きくなる」

男の手の中から、紅く色づいた九郎の亀頭《きとう》が顔を覗かせている。

「ううう……っ」

涙で歪んでいる九郎の視界にも、自身が成長しているのがわかった。

「色もいいし硬さも十分ある」

親指の腹で亀頭を押したりくびれをなぞったりされている。自分のそこを他人に触られたのが初めての九郎は、衝撃で気が遠くなりそうだ。

けれども……。

「はぁ、や、あっ」

敏感な場所に絶妙な刺激が与えられ、意識が淫《みだ》らな現実に引き戻される。

「感度もなかなかだ」

完全に勃起《ぼっき》したそこを撫で回されていた。

「はぁ、は……あ、も、もう、いいだろ」

淫猥《いんわい》な刺激に身体が反応し、息が乱れる。

「そうだな……」

九郎の訴えに同意したフォルティスが、なんとなく名残惜しそうに手を離した。おもちゃを取り上げられたような雰囲気である。

ほっとしたところで、九郎は目の前の長椅子にうつぶせに倒された。すぐさま尻の双丘を撫でられる。

「ここも足も不審な点はなさそうだ」

太腿やふくらはぎなどをひととおり撫でさすると、納得した声でフォルティスが言う。

「だから、僕は確かに怪しい者だけれど、悪いことをしにきたわけじゃない。ここに飛ばされて帰れなくなって、本当に困っているんだ」

訴えながら起き上がろうとしたが、フォルティスに肩を押さえられる。

「まて、まだそのままでいろ」

九郎にうつぶせでいろと命じた。

(これ以上何をされるんだ?)

フォルティスは九郎に背を向けて、出入り口がある方へ歩いている。扉の横にある花台のようなものに籠《かご》が載っていた。それを持って戻ってくると、うつぶせのまま不安な目を向ける九郎の前まできた。

「これは打ち身に効くガジェラの葉だ」

籠の中から手のひらサイズの葉を取り出した。

「ガジェラ?」

聞いたことがないと首をかしげると、フォルティスは手にした葉っぱを九郎の背中に載せ始める。

「確かにおまえの背中の腫《は》れはひどい。このままだと明日にはさらに腫れて痛むだろう。だが、これを貼っておけば腫れも痛みも軽減して、治りも早い」

言いながら九郎の背中を覆うように葉を載せていく。

「……なんか……スースーする」

湿布薬を貼られているような感じがした。

「効いている証拠だ。しばらくじっとしていろ。時間になったら侍女《じじょ》に服を持って来させる」

「服？　僕の？」

「この王宮で働く文官の服だ。おまえの服は切り裂いてしまったし、外国の変な服を着てイーロスの相手をさせるわけにはいかないからな」

「イーロスってあの子？」

九郎の質問にフォルティスがうなずいた。

「俺は忙しくてあいつの面倒を見ていられない。侍女や使用人たちにもそれぞれ仕事があるから、つきっきりでというのは無理だ。乳母はいるが足が悪いので走れない」

今回も目を離したすきにいなくなって、大騒ぎだったという。

「それなら専用の養育係を雇ったらどうですか」

「そう思っていた矢先におまえが現れたんだよ」

「もしかして、それであんな身体検査をしたんですか」

「いや、身体検査は誰にでもする。ただ、俺が直接することはあまりない」

答えたフォルティスは、腰を屈めて九郎に顔を近づける。

「おまえ行くところがないんだろう？」

これまでとは違って、優しい声と表情で問われた。

「え……」

戸惑いながら顔を上げると、至近距離にフォルティスの顔がある。強面の美貌に薄く笑みが浮かんでいた。

（うわあ……ゴージャス……）

緑色の瞳には宝石のような深みがあり、通った鼻筋と形のいい唇はギリシャ彫刻のように整っている。その唇から、空気を震わせるような美声が発せられたのだ。

「泣くほど困っているんだよな？」

美しい声が更に届けられる。

「そ……そうだけど」

九郎はこの美青年の前で、先ほどみっともなく泣いてしまった。しかもその前に、身体検査で恥ずかしいところを見られている。思い出したら、逃げ出してしまいたいほどの羞恥に襲われた。

だが、恥ずかしがる九郎にフォルティスは気づいていない。残った葉が入った籠を、長椅子の横にあるテーブルに置いていた。

「生きていくのに、衣食住は必要だ。ここでイーロスの相手をすれば、食べるものも着るものも寝床《ねどこ》もある」

九郎の方に顔を向ける。

「それは、僕のために提案してくれているの？」

「まあ、嫌なら王宮から出て行ってもらうしかないが……見知らぬ国にひとりで、生きていくのは大変だ。行き倒れたり犯罪に巻き込まれたりするだろう」

「そうですね……」

（この人……）

わからないと言いながらも、九郎の事情をしっかり把握している。目の前の不幸にぐるぐるめそめそしていないで、ここで腰を据えて生きろと言っているのだ。

「あの子の世話をすれば、ここに住まわせてくれるのですね」

顔を上げて確認する。

「ああ、約束する。ただ、色々と事情があって俺が管理する領域内で暮らしてくれ。この王宮には不穏なことが多くてね……」

フォルティスの言葉で九郎ははっとした。姉が読んでいた本の世界では、悪役王子のフォルティスが重要人物を毒殺しようとしている。

（でもこのフォルティスは、悪役王子ではないのかな……）

あの本と設定が似ているだけで別の世界なのかもしれない。そうでなければ、悪役王子であるフォルティスがものすごい美形で、九郎を思いやってくれる優しさを持っているわけがない。

(それに……イーロスなんて出てきてないし)

中途半端に姉からライトノベルの内容を聞かされていたので、彼のことは端折《はしょ》られていたのかもしれないが……。

とにかく今は生きていくために、フォルティスの申し出を受け入れるのが最善ではないだろうか。

「わかりました。お世話係をさせていただきます。よ、よろしくお願いします」

うつ伏せの状態のまま、頭を下げた。

「ああ、こちらも助かるよ。イーロスの昼寝が終わったら早速頼む」

ほっとした表情で言われる。イーロスのことがかなり心配だったようだ。

「はい」

(この人の息子なのかな)

「えっと、おまえの名はクロウだったか?」

問いかけようとしたら逆に問われる。

「九郎です」

ちょっと発音が違う。

「困ったことがあれば侍女に言ってくれクロウ」

どうも上手くアクセントが伝わらないらしい。会話の中でもところどころ音が変だった。

（まあ異世界だし、通常より調整が必要なんだろうな）

とはいえこの世界にはパソコンも研究室もないのでどうにもできない。自分はアナログの世界では役に立たない研究者なのだ。

「俺はこれから、滞っている政務を片付けに行かなくてはならない」

「フォルティスがなぜ政務をするんですか」

「……父王の体調が悪くてね。代理で色々しなければならない」

一瞬言い淀んだ後に答えた。あまり公表したくない内容なのかもしれない。

「あなたは第二王子ですよね？　国王代理は王太子がやるのでは？」

あの話の中では、王太子が国王に代わって活躍していた。

「兄上は……なにかと忙しいらしい……」

ため息混じりに九郎に答える。何か困ったことがあるようだ。

（国王の代理仕事よりも大切なこととは、どういう事情なんだろう）

こういう世界のことはよくわからないが、国王の代わりにしなければならないことは、とても重要なはずだ。

フォルティスは忙しい兄に代わって、重要な仕事を任されている。見た目は恐いが、真面目な働き者なのだろう。

いつも九郎の姉が怒り狂うような、傍若無人な悪役王子ではないようだ。

(そういえば、背中の痛みがかなり引いてきた)

ジンジンと熱を持った辛い痛みがいつのまにか治まっている。先ほど貼られた薬葉が効いていたのだろう。

フォルティスは打ち身の手当をしてくれた上に、異世界で困っている九郎に手を差し伸べてくれた。

(いい人なのかも。でも、あの身体検査はちょっと……)

剣で強引に衣服を切り裂き、そのあとにされた屈辱的な検査内容を思い出す。ものすごく失礼だったし、あの時のフォルティスは震えるほど恐ろしかった。

(あれが本性だったら……)

今はイーロスの相手をさせるために親切にしてくれているだけで、不要になればあっさり切り捨てられる可能性はある。

手放しで信頼するわけにはいかないと思いながら、部屋から出て行くフォルティスを九郎は見送った。

子どもの世話なんかしたことない。どう接していいのかもわからない。文官の服を着た九郎は困惑していた。

(僕は末っ子で、育った新興住宅地の中でも最年少の年代だったし……)

小さな子どもに縁のない生活をしていた。特に近年は、ずっと勉強と研究に明け暮れていて、運動などもまともにやっていない。そんな自分が、体力が必要な子どもの世話ができるわけがないのだ。

そのことに気づいたのは、お昼寝が終わって寝室から出てきたイーロスが、九郎に向かって駆けてくる姿を見た時である。

「クーロウーーー!」

小さな手を開き、目をまん丸にして、走ってきた。新しいおもちゃを見つけたように、目が輝いている。

「イーロスさま、そんなに走っては転んでしまいます」

彼の後方から侍女たちが慌てて追いかけてきた。よたよたしているのは高齢の乳母《うば》なのだろう。

ここは、気を失った九郎が王宮に連れて来られて、気づいた時にいた部屋だ。イーロスの居室らしい。

シャンデリアが下がり、金糸を織り込んだ壁紙や金で縁取られた窓と扉。大理石に囲われた暖炉に黄金の調度品。マホガニーのティーテーブルには銀食器が載っている。とても豪華な内装で、子ども部屋とは思えぬ煌《きら》びやかさだ。

(フォルティスの部屋なのかな……姉貴が読んでいた本に出ていた悪役王子には、妃も子もいなかったはずだけど……)

やはりあの話とは違うのかもしれないと考えている九郎に、到着したイーロスが抱きついてきた。

「おっと……」

まだ三歳とはいえ勢いよく来られるとよろけてしまう。イーロスを抱きとめたまま、尻もちをついてしまった。

「あっ……痛！」

背中の痛みに声が出る。

「あ！　ご、ご、ごめんなさい」

イーロスが上から飛び退きながら謝罪した。

「いや、君が悪いのではないよ。これは背中を扉にぶつけたせいだから」

「ぶつけたとこ……まだいたいの？」

床に手と膝をついたイーロスが、心配そうに顔を覗き込んでくる。

「激しく動いたり当たったりするとちょっとね……でも、普通にしているのなら大丈夫。フォルティスに貼ってもらった薬葉がすごく効いている」

「うん。フォルはくすしだからね」

「くすし？」

「くすりをみんなにあげるおしごとだよ」

「ああ……薬師《くすし》か……」

(異世界の用語を漢字の読みで変換すると、こういう不都合が出てくるのだな)

新たな発見だ。

「さてと……ではなにをして遊ぼうか」

子どもの相手というのは遊ぶことだ、と考えた九郎は、とりあえずイーロスに訊いてみた。

「えっとねえ。うーん……」

イーロスは少し考えると、ぱっと顔を上げた。

「ちょっとまっててね」

九郎に背中を向けると、先ほど出てきた寝室へと走って行く。彼の後ろをふたたび侍女たちが追いかけていた。

しばらくすると、イーロスが寝室から飛び出してくる。本と思えるものを手にしていた。同じく出てきた侍女もそれぞれ数冊の本を抱えている。

「これ、これよんで！」

表紙に騎士が馬に乗っている絵が描かれていた。どうやら絵本のようだが……。

「え……っと……」

手渡された絵本を開いて九郎は絶句《ぜっく》した。

（よ……読めない……）

当然である。

九郎が作成したのは、耳に刺した翻訳機から会話を脳に送り、翻訳された言語を口から発するだけのものだ。文字については適用外である。異国や異世界の文字を読むには、視神経から脳に翻訳を伝える機能を新たに開発しなければならない。

アナログなこの世界でそんな開発は無理だ。そもそも、視神経を操作するのは音声よりもずっと難しい。

「ごめん。僕はこの世界の文字が読めないんだ」

「え……？　クロウはじがよめないの？」

きょとんとしてイーロスから見上げられる。

「僕がいた扉の向こうでは、この文字は使われていなくてね」

言葉はなんとかなるけれど読み書きは無理だ、とイーロスに話した。すると、がっかりするのかと思ったイーロスの表情が、ぱあっと明るくなる。

「そうなんだ。クロウはぼくとおなじでじがよめないんだ。わあい。ぼくだけじゃないんだ」

嬉しそうに言うと、九郎が戻した本を侍女に渡した。

「もうほんはいらないよ。おえかきをするよ」

侍女に絵板とチョークを持ってくるように命じている。

「お絵かき……」

そういうものもほとんどしたことがない。中学校の美術が最後ではないだろうか。

困惑する九郎の目の前に、白い板と様々な色のチョークが入った箱が並べられていく。

「えっと……」

(こういう場合、動物とか蝶とか花なんかを描けばいいのかな)

だが、そういうものを見ることもここ数年なかった。ちょっと無理だなと諦める。

「よく描いたものといえば……」

つぶやきながら考え込む。だが、いくら考えても、実験に関する図やグラフしか九郎の頭に浮かんで来ない。

(フラスコや試験管だったら何も見ずに描けるんだけど……それじゃあきっと、この子は喜ばないよね)

ため息混じりにテーブルの上に目を向けた。かわいらしいティーポットとカップにソーサー。お菓子の載ったトレーなどがある。

(これならもしかして……)

ポットやカップは、実験用の器具に似たフォルムだ。スプーンやフォークなども近い物がある。

とりあえずそれらを、実験のレポートだと思って描き始めた。チョークを一色だけ使用した線画であるが、実験レポートだと思うとスラスラ描ける。

「まあ、なんて素晴らしい」

侍女たちが驚きの表情で九郎の白板を見下ろしていた。

「すごおい。カップやポットだー」

置いてあるものとほぼ同じものが白板に線で再現されている。テーブルの形状やポットの曲線、ティースプーンやフォークも正確に描いた。

「うわあ。スプーンもフォークもある——」

イーロスは大興奮で食い入るように見ている。ただの線画にこれからどう色がつくのかわくわくしているという表情だ。

「はい、どうぞ」

けれど九郎は、そこで線画を描いていた灰色のチョークを箱に戻す。

きょとんとしているイーロスの前に、板とチョークの箱を置いた。

「ここからは君が描くんだよ」

「ぼ、ぼく？」

驚いて目を瞬かせている。

「色を塗ってごらん。ここにあるものと同じ色に塗ってもいいけれど、自分ならこんな色のカップがいいなとか、自由に色に変えてもいい。やれるよね？」

「うん！」

イーロスは目を輝かせてチョークを手に取った。早速ポットを青で塗り始めたが、まだ子どもなので塗り方はわちゃわちゃである。

「あ、あれえ」

赤色のカップと黄色いお皿にしたかったようだが、ただの塗りつぶした円形になった。しばらくすると、九郎の下絵はすべて塗りつぶされて消えてしまう。

「ふえぇぇ」

上手く塗れなかったイーロスは、大きな緑色の目に涙を溢れさせた。

「ああ、泣かなくていいんだよ。誰でもはじめは上手くいかない。何度でも下絵を描いてあげるから、諦めずにやってごらん」

優しく宥める。

「うん。うん。わ、わかった……」

イーロスが涙を拭ってうなずく。

「あらあらイーロスさま！　お顔が！」

侍女が声を上げた。チョークを握った手でさわったため、イーロスの顔が汚れてしまっている。

「ふむむ」

侍女たちから顔を拭かれながらも、イーロスの手にはしっかりチョークが握られていた。まだまだやる気があるようだ。

「もう少し簡単なものにしよう。ひとつひとつゆっくり塗っていけば、上手になるよ」

新しい白板に、今度はシュガーポットのみを線で描く。ポットの側面に描かれていた花模様も、観察記録だと思えば簡単だ。

「よおし」

ふたたびイーロスが塗り絵を始める。小さな丸い手にチョークを握り、真剣な表情で白板に向かっていた。チョークを動かすたびに、イーロスのぷにぷにしたほっぺが動き、ふわふわした金髪が揺れる。

（かわいいな……）

見ている九郎の顔に笑みが浮かぶ。

子どもの相手は初めてだけれど、こんなにかわいい姿が見られるのならそれほど悪くはないなと思った。

お絵かきのあとは、散歩を兼ねて王宮を案内してもらうことになった。フォルティスから宮殿の外に出るのは禁じられているので、宮殿内の王族が居住している区域のみだ。庭も中庭だけと制限されている。

（まあ、これだけ広ければ、外に出なくてもいいのかな）

侍女に案内してもらいながら、イーロスと一緒に歩く。大理石っぽい床の廊下には、記号のような模様が織り込まれた絨毯が中央に敷かれていた。毛足は短くて目が詰まっているから、歩きやすい。

しばらく行くと、重厚な木の扉が現れる。両脇に衛兵が立っていて、九郎たちを見て敬礼した。

「こちらが謁見《えっけん》の間でございます。国王陛下や王太子殿下に拝謁《はいえつ》なさる場合に使われております」

侍女が説明を始めると、衛兵が扉を左右から開く。

「すごい……」

中を見て九郎は感嘆の声を上げた。

金モールで縁取られたビロードの垂れ幕の下に、宝石が嵌《は》め込まれた黄金の椅子が設《しつら》えられている。台座や壁の装飾に至るまで黄金で飾られており、豪華絢爛だ。

(中世の西洋っぽい雰囲気だな……)

ベルサイユ宮殿とかに雰囲気が似ている。姉の読んでいたライトノベルも、そのあたりをモチーフにした架空の王国が舞台であった。

「次は大広間をご案内いたします。王族の皆様がお使いになられている領域はここまでになります。国王陛下や王太子殿下、王子さま方がお使いになられる出入口があちらにございまして……」

侍女が廊下の奥にある扉を手で示した時である。近くの扉が開いて、中から人が出てきた。

「……っ、なんだ?」

廊下にいる九郎たちを見て、出てきた男が驚いた表情で立ち止まる。

「まあ、王太子殿下!」

侍女が驚いて声を上げた。

(王太子?)

九郎も驚きの目を向ける。

出てきた男は長身で、明るい金色の髪と青い目を持つ青年だった。金ボタンと黄金の肩章がついた服を着ており、腰には柄に宝石が嵌め込まれたサーベルを下げている。言われなくとも身分の高い人物だと一目でわかった。

「こちらは、イーロスさまのお世話係になられましたクロウさまです」

侍女が王太子に九郎を紹介した。

「こちらにいらっしゃるのは、王太子殿下のトニエスさまでございます」

続いて九郎に王太子を紹介する。

（トニエス！　やっぱり！）

姉の本の中で描写されていたのと同じく、トニエスは整った美貌に優しいまなざしを持っていて、眩しいほどキラキラな王太子だ。

「イーロスの世話係だと？」

トニエスがつぶやきながらイーロスを見下ろす。すると、イーロスはビクッとして侍女の後ろに隠れた。

「……人見知りの強い子で色々と面倒だろうが、よろしく頼むよ。その服装だと、どこかの文官かな？」

ため息をついたあと、苦笑しながら九郎に問いかける。美しくて優しい王子という設定そのもののセリフだ。

「え、ええ……」

ぎこちなくうなずく。

すると……。

「トニエスさまあ」

鈴を転がすような声が響いてきた。

廊下の向こうから女性が駆けてくる。肩までの茶色い巻き毛と茶色い瞳。健康的な肌色にピンク色の頬をした女性で、レースがピラピラしたピンクのドレスを着ている。街で見かけるロリータファッションぽい。

（もしかして彼女は、セイラ？）

王太子のトニエスがいるのなら、相手のセイラがいるのも当然だ。近づいてくる彼女は、物語と同じでかわいらしい容姿をしている。

「ああセイラ、あったよ。これが人魚の涙と言われる首飾りだろう？　母上の宝石箱に入っていた」

トニエスは手に持っていた首飾りを彼女にかざす。三連の真珠の中央に大粒の青い宝石があしらわれていて、とても高価そうだ。

「まあ、なんて綺麗なんでしょう。……でもトニエスさま、これではありません。人魚の涙は四連の真珠とピンクサファイアだとうかがっております」

　残念そうに首を振った。

「違うのか。真珠の首飾りはこれしか宝石箱に入っていなかった。もしかしたら宝物庫の方に入っているのかもしれないな。あそこは父上の許可がないと開けられないのだが、今はあの状態だから……」

　トニエスが眉間に皺を寄せる。

「ええ。存じておりますわ。それに、わたくしに人魚の涙は分不相応ですから、こちらで十分です」

　セイラは微笑んでトニエスから首飾りを受け取った。

「なんて優しい娘なんだ。もしこれが貴族の娘なら、最高のものを贈られなかったと激怒するだろう。セイラのように控えめで優しい女性は、すべての貴族から探しても見つからないよ」

　そう言いながらトニエスはセイラを抱き寄せた。九郎たちがいることは、二人の眼中に入っていないらしい。

「だってわたくし、殿下にご無理をして欲しくないのです」

　セイラはトニエスを見上げて訴える。

「かわいらしいあなたには、最高級のものを身に着けてもらいたいのだ。人魚の涙はいつか必ず手に入れる。残念だが次の宴《うたげ》には、この首飾りで我慢しておくれ」

「はい。こちらも素敵ですわ」

「きっとあなたに似合うよ」

トニエスはセイラの肩を抱き、廊下の向こうへと歩いて行く。もう九郎たちのことは意識からすっかり消えてしまっているようだ。

「あの三連の首飾りは、亡きユーリア王妃さまのお気に入りで、とても大切になさっていたのに……平民令嬢になんて……」

侍女が悔《くや》しげにつぶやいている。これまでイーロスや九郎に向けていた穏やかな視線ではなく、ひどく冷たい目をしていた。

（そういえばセイラは、あの物語の中でも平民令嬢というだけで侍女たちから嫌われ、蔑《さげす》まれていたんだった）

彼女が皆から冷たくされていた話を姉から聞かされ、セイラを気の毒に感じていたことを思い出す。

（ここは身分社会のようだからな……でもそれなら……）

異世界から来たとはいえ自分も平民である。セイラと同じく蔑まれる身分ではないのだろうか。しかし侍女たちは、九郎に対して見下すような視線を向けたりしない。どちらかというと友好的だ。

（手のかかる子どもの相手をしてくれるので、ありがたい存在と思われているからなのかな……）

しかも自分は文官として紹介されているので、そういったことでも侍女たちに認められているのかもしれない。

「クロウ、あっちいこう」

侍女の後ろに隠れていたイーロスが出てきて、上衣の袖を引っ張った。トニエスたちが去ったのとは反対の方向を指している。

「あちらには大食堂がございます。お茶とお菓子のご用意をしておりますので、ご休憩にお使いくださいませ」

侍女がにこやかに九郎へ告げた。その眼差しに先ほどセイラに向けた冷たさはどこにもない。

「あ……うん」

侍女たちは悪いひとではないと思う。だが、ここは身分社会なので、階級を無視するようなことは受け入れられないのだろう。

セイラは平民令嬢だといじめられ、優しくて素敵な王太子が愛情深く守ってあげているという物語そのものの世界なのである。

(二人とも……めちゃくちゃ輝いていたな)

トニエスのキラキラ王子さまっぷりと天使のようにかわいらしいセイラは、姉が持っている本のカラー表紙の姿そのままだった。

(でも……)

手を繋いで廊下を歩くイーロスに九郎は目を向ける。

(僕にはこの子のほうが天使っぽく見えるかな)

ふわふわ金髪とぷにぷにほっぺ。トコトコと歩く姿が愛らしい。目を細めて見つめていると、頭の中にフォルティスの姿が浮かんでくる。

フォルティスも王子だが、キラキラというよりも存在感のある美青年だ。姉の本では醜《みにく》く歪んだ悪い顔をしているイメージがあったが、ここのフォルティスは全然違う。深みのある緑色の瞳と通った鼻筋を持ち、艶やかで美しい黒髪をしている。トニエスと同じく美しい王子だが、二人は対極にいると思った。

(姉貴はトニエスがお気に入りだけど、僕の好みはフォルティスのほうかなあ。強そうでしっかりしているし……って、なにを考えているんだ……!)

ふと考えてしまったことにドギマギする。

（そ、それに、とんでもない身体検査を僕にしてきた傲慢な王子が好みとか、ありえないだろ）

出会ったときのことを思い出し、九郎は首を振った。

「どしたの？」

顔を赤らめて首を振った九郎を、イーロスが不思議そうに見上げてくる。

「あ、いや、なんでもない」

苦笑しながら返す。

（この子はフォルティスの子なのかな）

かわいいけれど似ていない。どちらかといえばトニエス似だが、彼は独身で平民令嬢と付き合っている。それに、もしトニエスが親ならば、先ほど侍女の後ろに隠れたりしないだろう。

（ということは、やはりフォルティスの子か……）

フォルティスも確か独身のはずだ。けれど彼がイーロスを育てている。侍女に聞けばすぐにわかると思うが、当人であるイーロスの前で聞いてもいいものだろうか。

（何か事情があるのなら、イーロスのいないところで聞いた方がいいかもしれない）

九郎は思った。

異世界に飛ばされて初めての夜が訪れた。

九郎は王宮の豪華なベッドで寝ている。自分の腕の中には金髪の男の子がいて、小さな寝息を立てていた。

（結局ずっとこの子と一緒だったな……）

イーロスは九郎にべったりで、離れようとしなかった。入浴と食事は侍女と乳母が担当するので、ひとりになれたのはその時だけである。侍女たちとゆっくり話をする機会が訪れなかったこともあり、イーロスやフォルティスのことを詳しく聞けていない。

それでも、ちょっとした隙に聞いたところによると……。

『イーロスさまのお母さまは……昨年お亡くなりになられました』

九郎の質問に、侍女はとても辛そうな表情で答えた。流行病《はやりやまい》だったそうで、その後はフォルティスがイーロスを引き取って育てているのだという。

現在この国の国王も同じ病に罹《かか》っているらしい。

『これは公《おおやけ》にされていないのですが、ここで働く者は承知していたほうがいいと思いますので、お知らせいたします。現在国王陛下はあの病のせいで寝たきりで、意識もほとんどない状態だそうです』

当然のことながら政務などできない。それでフォルティスが大臣たちとともに、政務を代行しているとのことである。

母親亡き後、イーロスの面倒をみていたフォルティスが政務に忙しくなった。そのため一緒にいてくれなくなり、イーロスは寂しくてたまらなかったらしい。フォルティスに構ってほしくて、ひとりで本庭から王宮の外に出てしまう。そこで鳥に追いかけられ、森で九郎と出会ったのだ。

今日初めて会った九郎に懐いているのも、フォルティスの代わりにしているからだろう。

(こんなに小さくて母親を失ったんだもんな……かわいそうに……)

腕の中にいるイーロスを抱き締める。髪がふわふわとしていてやわらかい。寝かしつけるために一緒にベッドに入っていたが、手間取ることなく眠ってくれた。

まだ夜になったばかりなので、寝かしつけたら居間に戻るつもりでいたのだが……。

(なんか気持ちいいな)

イーロスを抱いていると、とても心地がいい。

侍女が居間に夜食を用意してくれているので、そろそろ起きて寝室から出ていかなくてはならないのだが……。

(ちょっとだけ休もうかな……)

異世界に飛ばされて、昼間は驚きと緊張の連続だった。慣れない子どもの相手をしたこともあり、心身ともに疲れている。

だから……。

ほんの少しだけ……。

と……思っていたけれど……。

「え……?」

次に九郎が目を開いたとき、周りがめちゃくちゃ明るくなっていた。朝の光と思える日差しが、窓から天蓋を通してベッドまで届いている。

「わっ! 寝てしまっ……っ!」

目を見開いて起き上がろうとしたが、身体の自由が効かない。

(あ……あれっ)

昨夜抱き締めていたイーロスはおらず、代わりに九郎の身体に太い腕が巻き付いていた。誰かに背後から抱き締められているのだと気づいて、慌てて振り向く。

そこには、目を閉じている黒髪の男性の顔があった。その美麗な顔立ちに、まぎれもなく王子のフォルティスだと気づく。

昨夜九郎がイーロスを抱いていたのと同じように、フォルティスが背後から九郎を抱き締めていた。

「ちょっ、な、なんで僕をっ?」

焦って問いかけると、さらに強く抱き込まれる。

「まだ早い。もう少し寝ていなさい」

(へっ?)

まるでイーロスに言っているような口調で窘《たしな》められた。

「あ、あの……」

まさかと思っていると……。

「もう少し寝たら本を読んでやるから……」

明らかにイーロスと間違えているというような返事が聞こえてきた。

「僕は、あの、イーロスではありません!」

少し大きな声で言うと、フォルティスのまぶたが持ち上がる。深みのある緑色の瞳が九郎を見つめた。

「ああ……そういえば、イーロスは目ざめたから侍女が連れていったんだった」

つぶやくと、フォルティスはふたたび瞳を閉じてしまう。九郎のことは抱き締めたままだ。

「ちょ、あの！」

首を反らしてフォルティスを見る。

「静かにしてくれ、昨夜は遅かったんだ」

「だからって、なんで僕を」

抱き締めているんだと抗議した。

「こうしていると寝やすいんだよ。おまえ、気持ちが……いい」

(気持ちがいいって？　は？)

驚いて声も出ない九郎の耳に、フォルティスの寝息が聞こえてきた。イーロスほどかわいくはないが、とても安らかな寝息である。

(もう眠ってしまうとは……)

しかも九郎を抱いた状態で……。

背中にフォルティスの胸や腹が密着している。夜着越しだが、彼の体温や呼吸による胸の動きが九郎に伝わってきた。腕の太さや抱き締めている力と併せて、フォルティスの生命力を感じる。

九郎にとってそれは、新鮮な驚きだった。これまでずっと研究と実験と勉強に明け暮れていた自分の周りには、いなかった人物である。

(なんか、生きているって感じがする)

首を捩ってフォルティスの寝顔を見上げた。至近距離でぼやけているけれど、彼の睫毛は揃っていて、唇の形が整っている。全体的に彫像のように美しい顔だ。

(でも、確かに疲れている?)

閉じた目の周りにうっすらと隈《くま》ができている。国王代理で政務を任されていると侍女が言っていたので、おそらくそれが大変なのだろう。

だからこそ、九郎はここでイーロスの世話係を任されたのだ。フォルティスが忙しくなければ自分は不要である。王宮から追い出され、知る人のいない世界で路頭に迷うことになったかもしれない。食べることすら難しく、野垂《のた》れ死にの可能性も否《いな》めない。

(ここにいれば、食事に困らないどころの話じゃないしな……)

昨夜はイーロスと夕食を摂った。異世界だからとんでもないものが出てくるかもと危惧《きぐ》していたけれど、まったくそんなことはなかった。九郎のいた世界の西洋料理と変わりないものが出される。しかもその内容は、超一流のレストランで食べるような豪華なものだった。

そして……。

朝食もフルコースに近いものが給仕によってテーブルに運ばれてくる。

「こんなにたくさん朝から食べるんですか」

九郎のテーブルの斜め前に座っているフォルティスに問いかける。結局あれから小一時間ほど一緒に寝たあと、起きたフォルティスと朝食に同席させられたのだ。

「午前中は騎馬隊の訓練に立ち会わなくてはならないからね。おまえもイーロスの相手をするのだから、それなりに食べておけ。あいつは足が速いから、追いかけるだけで体力を使うぞ」

子どもの体力は大人顔負けだ、と苦笑している。

「僕は、運動は苦手で……今日もお絵かきでいいかと」

そこまで言ってから、はっと気がつく。

「それより、なんで同じベッドで寝ていたんですか。驚いたじゃないですか。しかも僕を抱き枕にするし」

今後のこともあるのでフォルティスに強く抗議し、勢いよくパンを齧る。

「あそこは俺の寝室だ」

「……え？　フォルティスの？」

「寂しいからとイーロスが潜り込んできたんだ」

それからは一緒に寝ていると答えた。

「だからって、僕を抱き枕にしなくても」

唇を尖らせてフォルティスを睨む。

「そのぐらい我慢しろ。これからは三人で寝なくてはならないんだからな」

とんでもない言葉がフォルティスから発せられた。

「こ、これから毎日、三人で？」

驚いて九郎の食べる手が止まる。

「イーロスが一人で寝られるようになるまでかな」

「ええぇ？」

仰天する九郎をよそに、フォルティスは朝食を黙々と口に運んでいる。

「もしかして……僕専用の部屋とかベッドってないんですか？」

「あるわけないだろう。俺専用もイーロスに取られているんだ」

イーロスの部屋に子ども用ベッドがあるが、寝付くまではフォルティスのベッドを使うらしい。イーロスが眠ったら子ども部屋に戻すのが原則だが、朝まで一緒ということもあるという。

「そんな……」

「それよりおまえ」

絶句する九郎にフォルティスが真剣な目を向けてきた。

「……な、なにか?」

「字の読み書きができないそうだな」

ドキッとする言葉がフォルティスから発せられる。

「僕は……異世界から来たので、この世界の文字はわかりません。会話ができるのは、昨日も説明しましたがこの耳のうしろにある翻訳ピンのおかげです」

「それはわかっている。だが、読み書きができないのでは世話係を任せるわけにはいかないな」

「え……」

(それはお役御免《やくごめん》で王宮を出て行けということだろうか)

でも先ほど、イーロスが一人で寝られるようになるまで、三人で寝るのを我慢しろと言っていた。

だから即刻クビにはならないと思うが……。

「今日の午後に、教師が来ることになっている。イーロスが昼寝をする時間だから、おまえはその時間を使って習ってこい」

「その教師のところで文字の勉強をするんですか？」

「他にも文字を習得しなければならない者がいるからね。ちょうどいい」

「えー……」

　イーロスが昼寝の時間は自分も休みたいと思う。眉間に皺を寄せた九郎の顔にフォルティスが気づいたようだ。

「不満か？」

　横目で見て質問される。

「まあ……ちょっと……」

　異世界の文字を習っても、元の言葉を知らなければ役には立たない。九郎は翻訳された言葉しかわからないのだ。

　それを説明してもわかってもらえるかどうかわからない。

「まあ我慢してくれ。俺が教えてやりたいところだが、今は忙しくてな」

「え……フォルティスが僕に？」

「知らない教師より俺の方がいいだろう？」

「……はあ……」

初めて会った際の、自分に対する態度やその後の強引さや傲慢さを思い出すと、九郎の出来が悪かったらものすごく叱られそうな気がする。

（ちょっとでも怠《なま》けたら激怒するかもしれないよな）

九郎は迷惑そうに顔を顰めた。

「ここで暮らしていくのなら、文字の読み書きはできる方がいい。実はこの国の識字率は低い。それゆえに国民生活にも格差が出て、文化の発達にも影響していることはわかっている」

「文字の読み書きができるほうがいい生活ができるのですね」

それはどこの世界でも同じだなと九郎は思う。教育水準の低い国は生活水準も比例していて、高くなることはあまりない。

「我が国ではこれまで、文字を扱うのは貴族階級の特権だった。民《たみ》を支配するのに便利だからな。だがその考えはもう古い。諸外国では、読み書きのできる庶民が技術や文化を発展させている」

フォルティスがフォークを横にして上下に動かす。

「技術や文化は、裾野の広さに比例して高くなりますからね」

九郎はうなずきながら返した。

「おまえ……よくわかっているな」

真剣な眼差しをフォルティスから向けられ、九郎はドキッとする。

「と、当然のことですから」

学校で習うような内容だ。

「服装は奇妙だったが、言葉を変換する装置を作ったり、状況に応じた受け答えもできる。絵の描写力も素晴らしいと侍女たちが褒めていた。それなりに格の高い家の出か学者の家系だったのか？」

九郎の出自《しゅつじ》について訊ねられる。

「普通の家ですよ。ただ僕がいた世界では、学校教育が充実していました。子どもの頃から読み書き以外にも、理科や社会、数学まで身分に関係なく学べましたから」

「なるほどね……おまえの世界の制度を詳しく知りたい。教えてもらえないか」

フォルティスに請われた。

「え？　ええ……いいですよそのくらいなら」

快《こころよ》く承諾する。

「ありがとう。うれしいよ」

フォルティスは立ち上がると、表情を緩めて微笑んだ。

(うわぁ……)

やわらかく笑みを浮かべたフォルティスから、後光のようなものが発せられている。金モールや金ボタンのついた騎士服を着ているから輝いて見えるのだろうか。

そのキラキラとした笑顔が九郎に近づいてくる。

「今は忙しいのですぐにとはいかないが、時間ができたらお願いするよ。だから今は、文字を覚えて書き記しておいてほしい」

「ああ、はい……そうですね」

(それで僕に読み書きを覚えろと命じたのか)

九郎は納得がいった。でも……それだけなら、なぜフォルティスが九郎のところまで歩いて来るのだろう。

食堂の椅子に座ったまま見上げた九郎を、輝くような笑顔で見下ろしている。

傲慢な悪役王子ではなく、煌めく美青年王子は九郎の方に屈むと、両腕を伸ばした。

ふわりと九郎の頭を抱き締める。

「……!」

(な、な、なに?)

　フォルティスの頬が九郎の頬に触れていた。彼から甘さを含んだ爽やかな香りが漂ってくる。

「慣れないことも多いだろうが、前向きに生きていけばいいこともある。困ったことがあったら何でも言ってくれ」

　フォルティスの低く響く声が九郎の鼓膜を震わせた。

「は……はい……」

　腕の中でうなずくと、彼の腕がすーっと離れていく。

「では執務室へ行く」

　踵を返し、出入口へとフォルティスが歩き出した。

「いってらっしゃいませ」

　侍女や給仕たちが頭を下げている。彼らの前をフォルティスは大股で横切り、あっという間に食堂から出ていってしまった。

「フォルティスさまの笑顔を久しぶりに拝見できましたわね」

「やはり素敵ですわ」

　侍女たちが嬉しそうに話している。

「このところずっと厳しいお顔をしていらしたものね」

「陛下のご容態《ようだい》がおもわしくないのに、笑ってなどいられないもの」

「クロウさまがいらして、お心に余裕ができたのかもしれないですね」

という話とともに、侍女たちが一斉に九郎の方へ顔を向けた。

「あ……の……」

先ほどフォルティスからされた抱擁《ほうよう》に、九郎はまだドキドキしている。あんなこと、家族にもされたことはない。

「フォルティスさまの支えになってくださいね」

「わたくしたちも応援しております」

「お食事はお済みになりましたか？　イーロスさまのところへご案内いたしますね」

これからイーロスの世話を九郎が担当するのである。しかもその合間に、読み書きの勉強をしなくてはならない。

面倒だけれど、九郎がここで暮らしていけるようにと、フォルティスが考えてくれたことだ。先ほどの抱擁は、異世界で困っている九郎を慰め励ますためだったのだろう。

（ああそうか……慰めてくれたんだ……）

自分の考えに九郎は改めてうなずいた。普段は厳しい表情で恐ろしい雰囲気だが、本当は優しい王子なのかもしれない。侍女たちも、フォルティスに対して好意的である。そうなると、姉の好きなライトノベルとは話が違ってくる。

　ここは普通の異世界で、あの話とは偶然設定が被っているだけかもしれない。


　その日の午前中。九郎はイーロスといろいろな遊びをした。

　中庭での鬼ごっこや縄跳びなど、日本に昔からある遊びが主で、とくにイーロスが気に入ったのは、『だるまさんがころんだ』である。侍女たちと一緒に、大笑いしながらやった。

　とはいえ、もとは運動とは無縁の生活の研究者なので、九郎はすぐにヘトヘトになってしまう。

（背中もちょっと痛いから少し休みたい……でも、休み時間は勉強なんだよね）

　ふらふらになっている九郎のもとに、イーロスが元気いっぱい走ってくる。

「クーロウ！　つぎはなにをするのー」

　十回ほどだるまさんがころんだをやって飽きたようだ。

「次？　えーっと……」

　子どもの頃にやった遊びを頭の中で並べてみる。できるだけ体力を使わずに済むものはないかと考え込む。

（あれだな……）

ぱっと閃《ひらめ》いた。

これなら隠れるほうは休憩が取れる。

「次はかくれんぼをしよう」

「わーい。かくれんぼ！　どうやるの？」

イーロスは期待に目を輝かせて九郎に質問した。

「さっき鬼ごっこをしたよね？　あれと似ていて、鬼になった者が今度は隠れている人を捜すんだ。見つかったらその人が鬼だよ」

「ふぅん。ぼく、おにやるのすき！」

鬼ごっこで捕まえる楽しさを味わったイーロスは、すぐさま鬼を希望してきた。

「いいよ。じゃあイーロスは鬼で、僕たちは隣の寝室に隠れるからね。えっと……あの暖炉の横の柱に向かって、ゆっくり数を二十まで数えるんだ。本来は十までだけど、ここは広いからね。あ、イーロスはまだ五までしか数えられないから、残りはあなたが数えてあげてください」

イーロスに付き添う乳母に依頼する。かくれんぼとはいえイーロスをひとりにするわけにはいかないので、乳母と一緒に捜してもらうことにした。

「かしこまりました」

「わかったー」

暖炉に向かって走って行くと、イーロスは柱に顔をくっつける。

「いーち、にーい、さーん……」

乳母が後ろで見守るなか、さっそく数え始めた。

「さあ、隠れよう！」

侍女や使用人たちに言うと、九郎も隣の部屋に走って行く。ベッドの下、カーテンの裏、長椅子の陰などに皆が隠れるなか、九郎だけはその部屋の奥にある扉を開けた。

（さて僕はどこに隠れよう……）

できるだけ休みたいので、誰よりも見つからないところにしたい。寝室の奥まで行くと、扉があることに気づく。

（あそこはフォルティスが使っている扉だよね？）

あの向こうにイーロスを行かせてはいけないと言っていた。フォルティスが管理していてイーロスや侍女たちが過ごせるのがこの寝室までなのだという。

ということは、この扉の向こうに隠れれば誰も来ない。ちょっと卑怯《ひきょう》だけれど、そこで休ませてもらおうと、九郎は扉を開けて向こうに行く。

「書庫?」

本棚に囲まれた小さな部屋があった。九郎の読めない文字が背表紙に書かれた本が、ずらりと並んでいる。

「フォルティス専用の書庫なのかな……」

眺めていると、書棚の間に扉があるのに気づく。

そこを開けてみると……。

「ここにも部屋がある」

重厚なマホガニーカラーの机と椅子が置かれた部屋があった。机の上には書類や羽根ペンなどが置かれている。先ほどまで誰かが使っていたような雰囲気だ。

たぶんここは書斎で、九郎が通って来たのはこの書斎に併設されている書庫なのだろう。

書斎の奥にも扉がある。開けてみると廊下だった。

「でもこの廊下って、僕たちのいる部屋には通じていないよな」

頭の中で図面を描いてみる。イーロスの部屋やフォルティスの寝室には、この書斎を通らないと行けないつくりになっているようだ。

(本庭にもここを通らなくては行けないな)

初めてイーロスに会ったとき、彼はここを通って外庭に出て、九郎が飛ばされた森まで来たのかもしれない。

「なるほどね」

と、廊下に出て左右を見回したとき、書斎の扉がパタンと音を立てる。

「えっ？」

振り向くと、扉が閉まっていた。自動で閉まる仕掛けがなされているらしい。

「うっ……開かない……」

慌てて把手《とって》に手をかけて引いたが、扉はびくともしなかった。

（この世界にオートロックが？）

そうとしか思えないほどガッチリ閉まっている。押しても引いてもびくともしない。衛兵に開けてもらおうと廊下を見回すが、誰もいなかった。

「こ、困ったな」

ちょっと休もうと思っていただけなのに、これでは戻ることさえできない。ここから大声を出しても、書斎と書庫があるためにイーロスたちがいる寝室に声は届かないだろう。

「ど、どうしよう」

焦って廊下を歩く。衛兵や侍女がいないかあちこちの扉を開けてみるが、扉が開くところは物置や使われていないような部屋ばかりだ。

しばらく進んだ先に、やっと家具調度品が揃っている部屋があった。それほど大きくなく、長椅子やティーテーブルなどがある。テーブルの上には数人分のカップやポットが並べられていた。これから持っていくために用意しているという雰囲気である。

（ここは控えの間？）

部屋の奥にある扉から、人の声が聞こえてきた。それも複数人のざわざわとした話し声である。

奥まで行き、そっと扉を開いてみた。

部屋の中央にシャンデリアが下がっている。壁や家具は艶《つや》のある木目調で、ところどころに金の紋様が装飾されていた。

（……人がいっぱい……）

金ボタンのついた貴族服を纏った男たちが十人ほど、楕円形のテーブルを囲むように座っている。給仕《きゅうじ》が彼らの前に銀色のゴブレットを配っていて、室内は話し声でざわざわとしていた。

（あ……フォルティスだ）

奥に暖炉と思われるものがあり、その近くにフォルティスと王太子のトニエスが座っている。金髪碧眼のトニエスはキラキラした容姿で、隣にいるフォルティスは存在感のある美青年だ。二人が並んでいると圧倒されるような迫力がある。

（あれは？）

彼らの隣に、頭髪も印象も薄い初老の男性が立っていた。緑色に金の縁取りがされた長着をまとっているので、身分は高そうだ。そのほかの座っている者たちも、それなりに高価な服装をしていて、威厳を感じる。

「えー……」

立っている初老の男が咳払いをした。

「大臣のみなさまお静かに。そろそろ閣議《かくぎ》を始めたいと思います。進行は宰相《さいしょう》のわたくしが務《つと》めさせていただきます」

厳《おごそ》かな雰囲気で告げると他の者たちは談笑を止めて、椅子に座り直している。

（あの人が宰相で他は大臣なんだ……そしてここは閣議室？）

設えが重々しい雰囲気であるのに納得した。

「陛下がお倒れになられて、そろそろ三週間になります。時折意識が戻られることがありますが、ほとんど昏睡《こんすい》状態でございます」

宰相の言葉に、皆が神妙な表情でうなずいている。フォルティスとトニエスも渋い表情をしていた。

「担当医を変えてみてはどうだ？」

「薬師の知識不足ではないのか」

「時折意識が戻られるというが、その際に服薬など治療を施《ほどこ》しておるのか」

大臣たちが口々に意見を述べている。

「我が部署では、陛下の裁可《さいか》を待っている案件が山積しておりまする」

困った表情で大臣のひとりが訴えた。

「わしのところもじゃ」

数人がうなずいている。

大臣たちの言葉を聞いて宰相は額に深い皺を刻み、フォルティスたちの方に身体を向けた。

「これ以上陛下がこのままでいらっしゃられると、国政が立ちゆきません」

頭を下げて二人の王子に訴える。

「それではどうしろと？」

王太子のトニエスが宰相に問い返した。

「それは、あの……新たな国王がご即位してくださるのがよろしいかと。さすれば、陛下の裁可が必要で滞っているものは、すべて解決いたします」

宰相がトニエスに答える。即位するのは王太子であるトニエスだ、という目を向けていた。

「なるほど……それならわたしは……」

トニエスがおもむろに口を開いたところ……。

「待ってくれ、それは性急すぎる解決策だ。父上はまだ存命中だぞ」

野太い声が彼の言葉を遮った。

「フォルティス……」

トニエスが顔をしかめて彼を見た。

「フォルティスさまのおっしゃりたいことはわかります。ですが、緊急事態でございますゆえ」

宰相がトニエスに代わり説明している。

（あれ？）

九郎はこの状況に既視感《きしかん》を覚えた。

姉から聞かされたライトノベルにも、こんな場面がある。国王に代わってトニエスが即位しようとし、フォルティスが止めるのだ。

「そもそも、兄上には即位する条件が整っていない。我がサスティーン王国では、国王は王妃とともに即位しなければならない決まりだ」

（このセリフ……あの本と同じだ）

フォルティスの発した言葉を覚えている。妃がいなければ即位できないとは珍しい制度だなと、思ったからだ。

「それはわかっている。だからセイラとの婚姻《こんいん》を認めてくれと、以前から言っているではないか」

言い返すトニエスのセリフもまんま同じである。

「セイラは平民だ。王妃になるには最低でも下級貴族の出でなくてはならない。身分のない商人の娘では、王妃は務まらないだろう」

フォルティスが諭《さと》すように冷静な口調で言う。

「どうして身分に拘るのだ。セイラは器量も気立てもいい。聡明で、王妃に相応《ふさわ》しい愛らしさがある！」

トニエスが少々感情を露《あら》わにして言い返した。

「愛らしさだけで王妃は務まらない。うわべだけの王妃は、これまで我が国にはいなかったはずだ」

フォルティスの言葉に、会議場の者たちが皆うなずいている。

（あの言葉……姉の音読ではもっと意地悪く聞こえたけれど……）

同じ言葉でも今のフォルティスのように冷静に言われると、なるほどと納得できて反発は覚えない。

「そんなこと、セイラが王妃としてやってみなければわからないではないか」

トニエスが食い下がる。

「王妃にしてからダメでしたでは遅い。もし失敗したら、民からの信頼を失い、我が王家の存続にも影響する」

「それならどうすればいいと？　実際政務が滞って困っているのだろう？」

トニエスが宰相をチラリと見る。困った表情で宰相がうなずいた。

「これまで通り国王代理として我らが合議制で国政を処理すればいい。処理速度を上げれば不可能ではないはずだ」

「そういうことになりますな……」

宰相も諦めたように同意する。宰相も大臣も、平民の娘を王妃にするのはやはり気が進まないようだ。

（この場面で姉貴は激怒していたよな）

『身分がなんだっていうのよ！　そんなことで二人の結婚を妨げようとするなんて、人でなしの集まりだわ』

この会議に対して、そういうふうに怒っていた。

身分にこだわるのはどうかと九郎も思う。けれども、実際にこの国で生きている者にとっては、秩序を乱さないことは大切なのかもしれない。

「くっ……っ！」

顔を歪ませ、トニエスは立ち上がった。

「どちらへ？」

問いかける宰相を無視して、会議室から出ていく。九郎のいる扉をばんっと開けて、大股で歩いていた。怒りのためなのか、そこにいた九郎には目もくれない。見えていたとしても、使用人か誰かだと思っているのだろう。

「トニエスさま！」

会議場の控え室から外に出たトニエスに、小柄なかわいらしい女性が駆け寄ってきた。肩までの茶色い巻き毛を揺らし、茶色の大きな瞳でトニエスを見上げている。

「ああセイラ……」

彼女の肩を軽く掴むと、トニエスは悲しげに首を振った。

「国王陛下の御容態が悪いのでしょうか」

「いや、父上の状態は変わらない。だが、私が父に代わって即位しようとしたら、王妃がいなければ許さないとフォルティスが邪魔をしたのだ」

小声でセイラに説明した。

「……わたくしの身分が低いからなのですね。わたくしの家が貴族であったら……」

セイラは言葉を詰まらせてうつむく。

「泣かないでくれ、あなたのせいではない。平民であっても私はあなたを愛している。あなたを必ずや妃にしてみせる。そして、私も国王に即位し、あなたに人魚の涙の首飾りを付けさせるのだ」

セイラを抱き締めると、トニエスは彼女に囁いた。

（確かここで、姉貴は大泣きしていたっけ）

二人が不憫だと九郎に訴えながら、一晩中泣いていたのである。

セイラはトニエスの胸から顔を上げ、涙目で彼を見上げた。

「でもそれは……」

不可能だと首を振る。

「そんなことはない。今はまだ父上が存命だからフォルティスの承認が必要であるが……」

そこまで言うと、トニエスはセイラに向かって力強くうなずく。

「父上が亡くなられた時点で、私は暫定的《ざんてい》に国王となる。暫定とはいえ国王になれば、平民のおまえに貴族の身分を与えることができるのだ」

そしてセイラを王妃にすれば、トニエスが正式な国王として認められるとセイラに説明している。

「そんな……国王陛下がお亡くなりになられるのを待つようなことは、わたくし……」

トニエスの説明に、困惑の表情でセイラはうつむいた。

「ああごめんよ。優しいあなたにはきつい話だったね。それもこれも、弟が承認しないせいだ。おそらくあいつは、私が即位するのが面白くないのだろう。いずれ私から王位を簒《さん》奪《だつ》しようと思っているのかもしれない」

抱き締めたセイラの耳にトニエスが囁く。

「簒奪？　まあ、なんて恐ろしい」

セイラは震えながらトニエスにしがみつく。

「大丈夫だよ。いずれすべて上手くいく。――いかせてみせる」

トニエスは自分自身に言い聞かせるように、セイラに告げたのだった。

「まったく同じだ……」

テーブルの後ろに隠れてトニエスとセイラを見ていた九郎は、目の前で繰り広げられている光景に大いなる既視感を覚えている。

姉の読んでいたライトノベルの、登場人物の属性や容姿、平民令嬢の名前だけじゃない。

（やっぱりここは、あの本の世界なんだ……）

そしてフォルティスは悪役王子なのである。物語ではそうだけれど、実際の彼には道理があるように思えた。とはいえ、トニエスと結婚できない平民令嬢のセイラはとても哀れでもある。

（すごくいい子みたいだよな）

平民だから王太子と結婚できないなんて、九郎のいた世界では許されない差別だと糾弾《きゅうだん》されるだろう。

部屋から二人が出て行ってしばらくしたのち、九郎も出て行こうとしたのだが……。

「おいおまえ！」

野太い声が背後から響いてきた。

「ひっ！」

驚きながら振り向くと、肩越しに黒髪の男が見える。太くてきりっとした眉の下にある緑色の瞳が、鋭い視線で見下ろしていた。

「あ……フォルティス……」

「こんなところで何をしている？」

低い声で問いかけられる。王族の居住区域ではないここに九郎がいることを、訝《いぶか》しく思っているようだ。

「あ、あ、あの、今は、えっと、か、か、かくれんぼをしていて」

しどろもどろに答える。

「なんだそれは？」

片眉を上げて見下ろされた。

このサスティーン王国にかくれんぼという遊びはない。九郎が今日イーロスに教えたばかりの新しい遊びだ。

「へ、部屋の中でみんなが隠れて、鬼になった者が捜すんだ。今はイーロスが鬼で、僕は隠れていたんだけど……」

「この控えの間に隠れていたのか？」

「そうじゃなくて、書庫を通って書斎から廊下に出たら、扉が閉じて締め出されちゃったんだ」

間抜けな顛末《てんまつ》を恥ずかしく思いながら告げた。

「ああ、俺の書斎の扉か……。あそこは廊下からは鍵がなくては入れないようになっている」

「うん。それで戻れなくて困っていたんだ」

「そういうことか……」

納得した表情でフォルティスがうなずいている。会議場で見せていた厳しい表情ではなく、とても穏やかだ。

(こういう表情をしていると、悪役には見えないんだよなあ)

美丈夫な王子さまそのものだと思う。

「よかった」

ぽんっと九郎の肩をフォルティスが叩いた。

「え？　何がですか？」

「おまえがよからぬことを考えているのではないかと、危惧していた」

「ぼくが？　どういう？」

「読み書きの講義に出たくなくて、逃げたのかと」

苦笑交じりに言われる。

「し、失礼な！　逃げるわけないじゃないですか。僕はそんな卑怯者じゃありません。嫌なら嫌だと言います！」

ちょっとムキになって言い返した。本当は嫌だったけれど、小ばかにした感じで言われると意地になってしまう。

「今のは冗談だ。怒るなよ」

「冗談でも不愉快です」

「そこまで言い返せるほど元気ならいい。本当は……」

フォルティスがなんだか切なそうな目を九郎に向けてきた。

（え……なに？）

これまでと違う視線にドキッとする。

「元の世界に帰れないことを悲観して、自暴自棄《じぼうじき》になったのではないかと心配したんだ」

フォルティスの言葉に、今朝九郎を慰めてくれたことを思い出す。彼なりに心配してくれているらしい。

（やっぱり悪い人ではないんだよな）

心配してくれていたことに感謝しながら、九郎は背筋を伸ばした。

「僕はこれでも成人した大人の男です。気弱な子ども扱いしないでください。大丈夫です。異世界でもしっかり生きていきます」

フォルティスを安心させるために宣言する。

「ああそうだな。……身体はしっかり大人だった」

クスクスと笑いながら返された。昨日の身体検査のことを言っているのだろう。

「心も大人です！」

赤くなりながら九郎も言い返す。

「わかったよ。あっと、そろそろ閣議室に戻らなくてはならない。おい、そこにいる衛兵。これで書斎の扉を開けてクロウを入れてやってくれ」

閣議室の入り口付近にいた衛兵に命じると、書斎の鍵と思えるものを渡している。

「またな」

九郎の肩を叩いて、フォルティスは踵《きびす》を返した。

「さて兄上は不在だが、処理できるものはこの場でやってしまおう。皆でやればかなり処理できるはずだ」

フォルティスは部屋の中にいる者たちに言いながら入っていく。忙しいなか、時間を割いて九郎のことを心配してくれていたようだ。

『大丈夫です。異世界でもしっかり生きていきます』

先ほど自分が発した言葉が頭の中に蘇る。あの時は売り言葉に買い言葉な感じで言ってしまったが、本当にそうしないといけないのかもしれない。

（この現実は夢じゃないんだからなあ）

自分自身に言い聞かせながら歩いていたところ……。

前を歩いていた衛兵が突然立ち止まった。

廊下の窓に目を向けると、

「あれは！」

窓の向こうを見て叫んだ。九郎も視線を向けると、王宮の本庭が見える。切り揃えた低木と糸杉《いとすぎ》のような森の間に、何か黒いものが見えた。

「あれは、鳥？」

衛兵に訊ねる。

「はい。おそらく、壊魔鳥《かいまどり》ではないかと」

「なにそれ？」

「古くからの言い伝えで、サスティーン王国に凶事《きょうじ》があると現れる魔鳥です。昨日突然現れて、王宮の森で悪さをしています」

「昨日？　そういえば、イーロスが黒い鳥に襲われたと言っていたな」

「そうです。その鳥です。大人には向かってきませんが、子どもや小動物を襲うようで、注意するようにとフォルティスさまからお触《ふ》れが出ております」

「よくあることなのか？」

遠目だが、カラスより二回り大きい。

「いいえ。私は初めて見ます。以前出たのは、二十五年ほど前だったそうです。壊魔鳥が現れてすぐに、トニエス王太子殿下をご出産された王妃さまがお亡くなりになられたそうです」

フォルティスは国王が再婚した二年後に生まれたという。

「ふぅん」

トニエスとフォルティスの母親が違うことは姉の本に書いてあったが、魔鳥の話は初めて聞く。これから読み進めると出てくるのだろうか。それとも、九郎が迷い込んだこの世界だけなのか。

この世界にはまだまだ知らないことがありそうだ。そういったことも受け入れて、乗り越えて行かなくてはならない。

4

昼食後、九郎はイーロスたちが過ごす部屋から出て、王族専用のサロンに向かう。通常なら王妃や王太子妃が演奏会や読書会、宝石やドレスを商人に誂《あつら》えさせたりする部屋だ。現在、妃はいないので、読み書きの講習がそこで行われることになったと、九郎は案内してくれた侍女に説明された。

（乙女チックなサロンだな）

扉を開けると、手の込んだレースのカーテンに囲まれた瀟洒《しょうしゃ》な小部屋が現れた。白い艶やかな長机には、銀糸で花と鳥が描かれている。椅子も白を基調としていて、金や銀で装飾されていた。

長机は三つ置いてあり、手前に二つ、向かい側にひとつ。向かい側は教師が座るところで、生徒はこちら側のようだ。

そして、生徒側の席はすでにひとつ埋まっている。

（あ……）

平民令嬢のセイラが座っていた。サロンに入ってきた九郎を見て、にっこりと笑う。

「わたくしはセイラです。イーロスさまのところでお会いいたしましたね」

「あ……はい……九郎です」

頭を下げて隣に座る。

「クロウさんも読み書きができないのですね。平民には見えませんけれど？」

「あの、僕は、違う国から来たので」

「まあ、外国の方ですのね」

納得というふうにセイラがうなずく。茶色い巻き毛が揺れ、笑みを浮かべた顔がとても魅力的である。物語の中で、出会う男性たちがことごとく惹《ひ》かれていったのもうなずけるかわいさだ。

「わたくし、読み書きはできるのよ。でも……わたくしが使っているのは商《あき》い《な》文字なんですって」

困惑の表情を向けてくる。

「商い文字？」

九郎が聞き返したとき、サロンの出入口から中年の男性が入ってきた。

「商人が使う文字です。私がこれからお教えするのは、王族が使うサスティーン文字です。装飾的でとても複雑なのですよ」

眼鏡をかけていてちょっと神経質そうな男性が、九郎たちの前に立った。焦げ茶色の髪を後ろでひとつに束ね、九郎と同じような文官の服を着ている。

「あなたが先生なのですね」

九郎が問いかける。

「シクサスと言います。王立学校でサスティーン国文学の教師をしております」

慇懃《いんぎん》に答えると、眼鏡の端を指で押し上げた。

「王立学校の先生だなんて、すごいわ。優秀なのですね」

セイラが尊敬のまなざしで見上げる。シクサスはまんざらでもないというふうに、口の端を上げてうなずいた。

(王太子が妃にしたいというくらいかわいい女性に褒められたんだもんな)

デレるのもわかる。だが、九郎に対するシクサスの目は厳しい。

「しかしいくら外国人とはいえ、文官なのに読み書きもできないとは」

という嫌味とともに、講義が始まった。

サスティーン文字の基礎。王族文字への変換。文法などを説明される。文字と読みを合致させるために、耳の後ろの変換ピンを何度も外さなくてはならない。

（オンオフスイッチをつけておけばよかった）

と、思う。そのうえ、サスティーンの王族文字は複雑で、難しい。基礎の文字を覚えるだけでせいいっぱいだ。だが……。

（これ、思ったよりも面白いな）

言語変換のシステムを研究していた九郎にとって、未知の言語は新鮮だ。これまでAI《エーアイ》搭載の変換ピンが勝手に翻訳してくれていたので、本当のサスティーン語は出会ったときのイーロスからしか聞いていなかった。ちゃんとした大人が発するサスティーン語はそれなりに言語として確立している。

「すみません。そこの複数形になるところですが、一般と王族文字とでは変化が違いますよね」

「そうです。一般では男性形のみで使用されていますが、王族文字は男性形と女性形で分かれます。よく気づきましたね」

片眉を上げて、少し驚いた目を向けられた。

「女性形があるのですか。一般でも昔はあったのですか」

「近世では使われておりませんが、古代では分かれていました。それについての資料は、王立図書館にあります」

「ありがとうございます……王立図書館に古代の文字図鑑ありと……」

白板に書き入れる。

九郎があれこれシクサスに質問をすると、当初は馬鹿にした感じで答えていた。しかしながら、質問内容が理論的な分野にまで入ってくると、シクサスの態度が変化する。

適当に答えてお茶を濁《にご》せる相手ではないと悟ったのか、真剣な表情で答えるようになった。九郎も必死で食《く》らいつき、ノート代わりの白板がほとんど埋まってしまった。新しい白板が必要だなと顔を上げたとき……。

「すー。すー」

という寝息のような音が九郎の耳に届く。

「え……」

横を向くと、セイラが目を閉じていた。寝息はそこから聞こえてきている。

「あ……」

講義に熱が入っていたシクサスにも、彼女の寝息が届いたようだ。

「あの、すみません……セイラさまは昨晩遅くまで宴に出られていて……」

後方で控えていた王太子付きの侍女が小声で訴えた。

「そ、そうですか……それは致し方ないですね」

暫定的《ざんていてき》な王太子妃として賓客《ひんきゃく》の相手をしていたのだとしたら、公務であるので咎《とが》めるわけにはいかない。

「では……続けましょう」

シクサスは九郎の方に向き直り、講義を再開する。

結局、セイラは講義中ほとんど寝ていた。

「まあわたしったら、どうしましょう」

終わり頃に目覚めて、青い顔で立ち上がる。シクサスのところへ駆け寄り、彼の腕を掴んで見上げた。

「先生、ごめんなさい。わたくし、先生の講義を楽しみにしておりましたのに、こんなことになってしまって……夕べ、夜会が遅くまであって……本当にわたくし……。ああ、お許しください」

半泣きでシクサスに縋り付いている。

「は、はい。セイラさまがお忙しいことは、承知しております。本日は、ちょっと内容も専門的でしたしね」

シクサスが頬を染めて返した。

「ええ。わたくしには難しくて……あの、でも、このことは、殿下にはご内密にしてくださいませ。わたくしを王太子妃にするために、わざわざ先生をここに呼んでくださったのですから……」

「もちろん、いいですよ」

「ありがとうございます。感謝いたします」

両手を握り締めて頭を下げると、そのままくるりと九郎の方へセイラが向いた。

「あなたも、わたくしのことをフォルティス王子さまに言わないでくださいね」

「え……？　ええ……」

セイラのことをフォルティスに言おうなどと夢にも思っていなかった九郎は、びっくりしながらうなずく。

「ああよかった。こんな失態《しったい》が伝わったら、わたくしきっとひどい目に遭わされてしまうわ」

手を握り締めたままセイラは首を振った。

「ひどい目？　フォルティス王子があなたに？」

「ええ。前から意地悪をされていて……わたくしが、へ、平民だから、トニエス殿下に相応しくないとお思いなのです。それはもう……ひどいことを……」

震えながらセイラがうつむく。今にも倒れてしまいそうに辛そうな雰囲気だ。

「セイラさま！」

控えていた侍女が駆け寄り、セイラを支えている。

「ああ、ありがとう……メリーニだけがわたくしの味方だわ……」

メリーニという侍女にもたれかかった。

「これにて失礼してよろしいでしょうか。セイラさまがひどくお疲れなのです」

メリーニがシクサスに訴える。

「もちろんです。ゆっくりおやすみください」

「ありがとう。先生が優秀で優しくしてくださったことは、トニエス王太子殿下にお伝えしておきますね」

「よろしくお願いします。お大事に」

サロンから出ていくセイラと侍女をシクサスは恭しく見送っている。

「フォルティス王子に何をされたんだろう……」

つぶやいた九郎に、シクサスが振り向いた。

「私も直接見聞きしたことはないのですが、雨の日に王宮から閉め出したり、トニエス王太子殿下がご用意してくださったドレスを、平民令嬢には分不相応だと取り上げたとか、そのような事件なら聞いております」

「そうなんだ……」

おぼろげながらその場面には憶えがある。

王宮の夜会にやってきた平民令嬢は、夜も遅いからと門番から入ることを禁じられた。トニエス王子に招かれていることを告げるが、夜間王宮には王族と貴族以外は入れてはならぬとフォルティス王子から命じられていると拒否される。セイラは雨の中、ずぶ濡れになって庭を歩いているところを、トニエス王太子に助けられたのだ。

『冷たい雨の中を追い返すなんて、血も涙もない冷血王子だわ』

フォルティスに対して姉は激怒していた。

その数日後、トニエス王太子が用意してくれた夜会用のドレスに、フォルティスが文句と難癖《なんくせ》をつけてくる。仕方なく返品すると、平民の普段着ドレスを渡された。

普段着ドレスで夜会になど出られない。

セイラは泣きながら王宮の庭に行き、シャンデリアの光に包まれている大広間を見つめた。大広間の中は煌びやかな貴族の世界である。自分はそこに入れてもらえない惨《みじ》めな平民だとセイラが嘆いていると、トニエスがこちらに向かってきた。

いつまで待っても来ないセイラを心配していたトニエスが、セイラを発見して出てきたのである。

『なぜそのような格好をしているのだ？』

平民の普段着用ドレス姿のセイラを驚いて見ていた。

『わたくしが平民なのが悪いのです』

夜会用のドレスをフォルティスに変えさせられたことを、セイラは泣きながら訴える。

『君に悪いところなどない。身分にこだわる者が悪いのだ。知らずに辛い思いをさせて済まなかった』

悲しそうな表情でトニエスは謝罪し、泣きじゃくるセイラを抱き締めた。

その場面に姉は号泣し、フォルティスの意地悪に負けないでとセイラを応援していたのである。

（たしかにあの二つの場面は気の毒だったな……）

九郎も同情したことを思い出しながらサロンから出た。これからまた、イーロスの相手をしなくてはならない。

「次は何をしようかな……あれ？」

廊下を歩いていると、前方に人影が見えた。

「トニエスさまあ」

という言葉が聞こえて、セイラが侍女から離れて走り出している。彼女が駆け寄る先には、トニエスが立っていた。革の長ブーツを履いていて、手に鞭《むち》のようなものを握っている。

「講義は終わったかい？」

にこやかにセイラへ問いかけている。

「ええ。サスティーン文字はとても難しいけれど、殿下のために頑張りました」

「セイラは頑張り屋さんだからね。これから乗馬をするんだ。ご褒美に、遠乗りに連れていってあげよう」

「まあ、馬に乗せていただけるの？　でもわたくし、まだ上手く乗れません」

「私と一緒の馬に乗せてあげるから安心しなさい」

「ありがとうございます。殿下のお優しさに、わたくし感動して……」

涙ぐみながらトニエスにしなだれかかる。

「泣き虫さんだね。さあ行こう」

トニエスはセイラの肩を抱くと九郎の手前にある角を曲がり、厩舎《きゅうしゃ》のある方へと去って行った。

「……なんか……」

キラキラな王太子が平民令嬢を溺愛している。姉に聞かされたライトノベルの話そのものだけれど、どこか釈然としない。

(フォルティスがセイラに意地悪をするというのが、そもそもしっくりこないんだよなあ)

閉め出したりドレスを取り上げたりしたのは嘘とは思えないが、そういう細かい意地悪をフォルティスがするというのが考えにくい。

「あれ?」

そんなことを考えながら歩いていたら、曲がり角をひとつ間違えたようだ。以前見たことのある扉がある。

「確かここ……閣議室だよな?」

ということは、イーロスたちのいる王族エリアにはここから行けない。サロンの反対側にある出入口から出て、衛兵に王族エリアの扉を開けてもらわなくてはならなかった。それなのに、うっかりセイラと同じところから出てしまったのである。

「王宮って複雑で面倒くさい!」

九郎は不満をつぶやきながら来た道を戻った。

だが……。

「開かない……」

サロンに入る扉に鍵がかかっている。ここもオートロックなのだろうか。

「開けてください」

扉をドンドンと叩くが、反応がない。

「あっちは書斎だけれど……」

あそこの扉も鍵がないと外からは開かない。

「またしても衛兵はいないし……」

廊下をうろうろと歩き回る。

セイラたちが消えた厩舎へ繋がる廊下も、途中に扉があって鍵がなくては開かない造りになっていた。

（まるでここ……ダンジョンだ）

残るところは、午前中に入った閣議室の控え室しかない。あそこから閣議室に入ったら、そこから別の場所に出られるか、衛兵を捕まえられるかもしれない。

九郎は閣議室の控え室の扉を開けた。

すると……。

ざわざわと話し声が聞こえてくる。

(まだ閣議をしていたんだ)

話し合いをしている声が、控え室に響いてきていた。あれからずっと、フォルティスたちはここで仕事をしているらしい。

そっと扉を開けると、閣議室の円形テーブルの上に書類が積み上がっている。そこを囲むようにフォルティスや宰相、大臣と思われる男たちが立っていた。

「避難所建設については、いかがいたしましょう。建設大臣に一任いたしますか」

宰相がフォルティスに問いかけている。

「避難所には負傷者も入ることになる。老人や病人もいるだろう。厚生大臣の意見も取り入れて設計するべきではないか」

フォルティスが返すと、それはそうだと全員がうなずく。

「ではそのようにしたいと思いますが、一千万サスティ以上の費用がかかる工事には、陛下のご裁可が必要となります」

宰相が意見を述べる。サスティとはこの国の通貨だ。

(たしか侍女が一サスティで卵が一個買えるって言ってたな)

九郎の世界で卵一個が二十円から三十円と考えると、二億円から三億円以上ということである。簡単に承認できない額なのはうなずけた。

「私と皆のサインでいいだろう」

フォルティスがサインを記した書類を宰相に手渡す。

「かしこまりました。それではそのように処理させていただきます」

宰相が恭《うやうや》しく書類を受け取った。サインを書き入れると、隣にいる建設大臣に回す。建設大臣もサインを書き入れ、隣にいる大臣に渡した。

書類は円形の机をぐるりと回り、全員がサインを書き入れる。

「これで十二件目じゃな」

年老いた大臣がため息をつく。

（大変そうだな）

老人だけでなく、全員の顔に疲労が浮かんでいる。フォルティスは若いので見かけは元気だが、表情が厳しい。

「次の議題に移りましょうか」

宰相に問いかけられ、新たな書類をフォルティスが手にしている。

だが……。

皆の顔を見回したフォルティスは、小さく息を吐いた。

「一度休憩をしよう」

書類を伏せて立ち上がった。

「詰めてやりすぎるのは却って効率が悪く判断も鈍る。半刻のちに再開する」

フォルティスの言葉で、閣議場にほっとしたような空気が漂う。

「かしこまりました」

宰相がうなずくと、他の者たちも同意した。

「やれやれ、腰が辛くてたまらんのう」

老人は腰を押さえて背筋を伸ばしている。

フォルティスは席から離れると、九郎がいる控え室の方へ歩いてきた。

「なぜまたここにいるのだ?」

扉を開けてすぐに質問される。

「あ、ええっと……」

(いるのがバレてた!)

いつから気づかれていたのだろう。

「講義は終わったはずだよな?」

「あ、うん。それで、サロンからうっかりこっちの廊下に出てしまって」

「また閉め出されたのか？」

呆れたような口調で問われた。

「そうです……」

自分のマヌケさにうなだれながら九郎は肯定する。

「仕方がないやつだな」

大股で九郎の前を通り過ぎると、控えの間の出入口に向かった。

「あの……」

「書斎から入れてやるから来い」

「は、はい」

慌ててフォルティスの後に続く。廊下に出た彼は、書斎に向かってずんずんと歩いていた。午前中は衛兵に鍵を渡していたが、今は誰もいないからかフォルティスが書斎に向かっている。

「あの、鍵を貸してくれれば、開けて戻ります」

早足で追いつくとフォルティスに告げた。

「俺も書斎に用がある。少し休みたいしな」

どうやら書斎で休憩するつもりらしい。それならそれほど迷惑をかけていないなと、九郎は少しだけほっとする。

「で、講義はどうだった?」

歩きながら問われた。

「難しいですね。でも、文法が僕の世界と似ているので、単語と変化を覚えれば、そこそこできるようになると思っています」

「文法か……あまり考えたことがなかったな」

「自分が使っている言葉の文法なんて、普段は考えずに話していますからね」

「そうだな。文字も書けそうか?」

「それは問題ないですね。このあと白板から紙に清書して今夜中に覚えるつもりです」

「ひと晩で覚えるのか?」

ちょっと驚いて問い返される。

「大した量ではないので……。こういうのはすぐに頭に叩き込んでおきたい性分なんですよ」

「勉強家なんだな」

「僕の大学は講義の量が多くて、その日のうちに覚えるのが鉄則だったんです」

その習慣が研究室に入っても続いていて、今もそうなんだとフォルティスに答える。

「それで俺には理解できない文化を持っているってことだ」

「ここも電気やコンピュータというものが開発されれば、いずれ同じようになるかもしれません」

「それっていいことなのか？」

フォルティスに問い返される。

「いいこと……かな。こうして、あなたと話ができるのも翻訳ピンのおかげです。これがなければ今日の講義を理解するまで、おそらく半年以上かかったでしょう」

まず意味のわからぬ発音から習得しなければならないのだ。スタートがそのくらい遅れるはずだと答える。

「そういうことか」

フォルティスがうなずく。

「その便利な世界に戻れないのは辛いな」

同情の目を向けられた。

「わかってくれましたか？」

九郎のいた異世界を、中世ヨーロッパのようなこの世界の人間が理解するのは難しいものである。

「実のところよくはわからない。だが、馬のいない世界や水に不自由する世界だったらと考えると、そこにはいたくないなと思うよ」

九郎に答えると、フォルティスは鍵を取り出した。話しているうちに書斎の前に着いている。

書斎の扉が開かれ、九郎はフォルティスにいざなわれて中に入った。

「ありがとうございます。助かりました」

書斎の中でフォルティスに礼を告げると、イーロスたちがいる書庫の向こうへ行こうと歩き出す。

「ああ待て、ちょっと身体を見せてみろ」

フォルティスが九郎を引き戻し、文官服の腰のあたりを掴んだ。

「な、なんで……わっ！」

裾をすばやく捲り上げられて驚く。文官服は頭からすっぽり被って着られるようになっているため、背の高いフォルティスに持ち上げられるとするんっと脱げてしまう。

「な、なにを突然！」

紅くなって振り返る。シャツなど着ていないために、ズボン状の下衣だけで上半身は裸だ。

「後ろを向け、昨日の打ち身がどうなっているか見せてみろ」

怒る九郎の肩を持つと、反対側を向かせる。

「あ……背中？」

はっとして九郎は顔を上げた。

「青痣《あざ》になっているな。まだ痛むだろう？」

肩甲骨のあたりを軽く指で押される。

「ええ……そこ、痛いです」

皮膚の中がヒリッとするような痛みを覚えた。触れなければ痛くないが、まだ完治《かんち》はしていないようである。

「そういえば、サロンで椅子に座ったとき、背もたれが当たって痛かったな……」

思い出してつぶやく。

「ひどい打ち身だったからな。昨日貼った薬葉の成分を抽出した薬がここにあるが、塗っておくか？」

「いいんですか？」

「これからまたイーロスの相手をするのだから、痛くない方が楽だろう？」

「はい。ではお願いします」

大人しく了承する。背中に当たるとジンジン痛むので、プロレスみたいな遊びをすることになったら厳しそうだ。

「それなら机に手をついて待ってろ」

九郎に命じるとフォルティスは戸棚から瓶と筆を持って戻ってくる。

「筆で塗るんですか」

顔だけ後ろに向けて肩越しに質問した。

「濃い原液だからな。薄く塗るだけで効果が出る。というか塗りすぎると逆効果になる」

説明しながら筆を液に浸している。

「いくぞ。痣の部分にだけ塗るから、できるだけ動くなよ」

「はい……ひゃあっ！」

筆が肩甲骨《けんこうこつ》の間に触れた瞬間、九郎の背中が弾んだ。

「動くなと言っただろう？」

「は、はい、でも、それ、くすぐった……ひっ」

ふたたび背中を筆でなぞられて、九郎は身悶える。

「くすぐったいくらい我慢しろ」

痛いわけじゃないんだからと、叱られた。

「うぅ……そうだけど……あ、あぁ……」

筆が絶妙な動きで背中を移動していく。

「少しの間だ。あと、変な声も出すな」

叱責しながらフォルティスが筆を動かす。

「だ、だって……ひぃ……んんっ」

歯を食いしばって声を抑えるが、身体の動きは止まらない。九郎の背中はくねり、くぐもった声が喉の奥から発せられた。

しばらく悶《もだ》えながら耐えていると、背中から筆が離れていく。

「……とりあえず塗れたな……」

「お、おわったの？」

息を乱して九郎が訊ねる。

「ちょっとはみ出たが、まあいいだろう」

「よかった……えっ？」

ほっとした瞬間、身体がドクンッと脈打った。

（なに？）

九郎は机に手をついたまま、目を見開く。重苦しい背中の痛みは消えたが、身体の奥に不穏なもの感じた。

「乾いたら服を着ていいからな」

瓶と筆を棚に戻しながらフォルティスが九郎に言う。けれど、異変に襲われている九郎の耳には届かない。

「あ……あ……」

鼓動に合わせて、未知の感覚が身体の奥から湧き起こる。どうしたらいいのかわからず、書斎の机に乗り上げるようにして肘と頭をついた。

「クロウ!?」

気づいたフォルティスが駆け寄る。

「か、身体が……変……」

「背中が痛むのか？」

「そうじゃなくて……なんか……」

はぁはぁと荒い息を吐いた。

「薬が身体に合わなかったか……ちょっと強かったかもしれない」

フォルティスが書斎机に突っ伏す九郎を後ろから抱えた。

「胸が苦しいか？」

　九郎を立たせながら問われる。

「胸は……ドキドキするけど……それより身体の奥が……。どう表現していいのかわからない。もぞもするというか……」

　答えながら立とうとしたが、足に力が入らない。

「もぞもぞか……ああ、なるほど」

　フォルティスにもたれたまま立つ九郎の身体を肩越しに見下ろした。

「？　……うわっ」

　九郎も自分の下半身に目を向けて声を上げる。薄い布で作られた下衣が盛り上がっていた。いかにも欲情して勃《た》っているというのが丸わかりである。

「な、なんで？」

　慌てて前を隠そうとしたけれど、腕に力が入らない。肘から下が痺れていた。

「珍しい副作用が出たな……」

　後ろから九郎の身体を抱えて、フォルティスは机の隣にある長椅子に移動する。長椅子に腰を下ろしたフォルティスの膝の上に座らされた。

「どうしてこんな？　それに、身体が、動かない……手が痺れて……」

　九郎は自分の下肢に困惑の目を向けた。

「呼吸はできるか？」

背後から声をかけられる。

「……ちょっと……苦しい……」

「そこは？」

下腹部について問われた。

「……なんか……痛くなってきた……すごく」

身体の血がそこに向かっていて、どんどん張り詰めていく。許容量を越すのではないかと思われるほど下衣を押し上げていた。

「痛むほどか……」

「どう……しよう……息が……」

かなり苦しくなってきた。

「大丈夫だ。死ぬことはない。しばらく大人しくしていれば治まる。だが……ここに寝かせたらもっと息苦しくなるかもしれないな」

九郎を抱えて座ったまま、フォルティスが困ったようにつぶやいた。閣議の休憩時間をこんなことに取られてしまい、うんざりしているのだろう。

「ご……ごめん……」

九郎は絶え絶えに謝罪した。

「あれには催淫《さいいん》作用がある。おそらく、溜まっているのが良くないんだろうな」

(溜まって?)

フォルティスの言葉を頭の中で復唱し、はっとする。

「出せば早く治まる。こうして身体を押さえていてやるから、射精《だ》してしまえ」

「ええ……?　だ……」

(射精《だ》すだって?)

苦しくなければ叫んでしまうようなことを言われた。けれど、フォルティスが真面目に言っているのはわかる。九郎のそこははち切れそうなほど勃起《ぼっき》しているのだ。

(でも射精《だ》すには、自慰《じい》をしなければならない……)

他人が見ている前で、そんなこと恥ずかしくて出来ない。だが、この苦しさからすぐに逃れるにはそれをしなければならないという。我慢していればこの苦しさが治まるという保証もないし、それまで耐えるのは辛すぎる苦行《くぎょう》だ。しかも、フォルティスがいつまでもここにいてくれるわけではない。閣議に戻ってしまったら、ここにひとりで残され、いつ治まるのかわからない苦しみに耐えることになる。

(それは……嫌だ……)

　恥ずかしいよりも苦しさと不安の方が辛い。フォルティスには昨日も恥ずかしい身体検査をされている。今更恥ずかしがらなくてもと思ったのだが……。

「で……でも……手、ちから……」

　痺れていて力が入らなかった。出したくても出来ないと九郎は首を振る。

「力が入らなくて扱けないのか？」

「うん……持ち……上がらな……い」

　扱くどころか肘から下の感覚がなくなっていた。

「わかった。では俺がしてやる」

「え……？」

（フォルティスが……する？）

　そんなこと冗談ではないと通常なら思う。でも今は非常時で、九郎の意識も混濁《こんだく》していた。

「お……ねが……ます」

　おねがいしますと伝えると、下衣のボタンが外された。

（う……！）

　これまで、見たこともないほど勃起した自身が現れる。先端が膨れて、赤黒くテラテラしていた。フォルティスに頼むのではなかったと後悔するほど恥ずかしい姿である。

とはいえ、フォルティスの大きな手にそこを握られたら……。

「は、はぁぁ」

ため息が出てしまうほど気持ちが良かった。寒い日に温泉に入ったような心地よさを覚える。

フォルティスから膨らんだ竿《さお》を撫でるように優しく扱かれた。

「ふ、ふうぅ……」

遠くなりそうな意識を、淫らな感覚が迎えにくる。

「どうだ?」

「……い……ぃ」

うっとりと答えた。

「もっとしっかり呼吸をしろ、これに合わせて息をしてみろ」

ゆっくりとフォルティスの手が九郎の竿を扱く。同じように息を吸ったり吐いたりしてみる。

「はぁ……はぁ……はぁ……」

しばらくすると、頭の奥で鼓動が聞こえてきた。

（あ……っ？）

これまで苛まれてきた苦しさと痛みの向こうから、違う感覚がやってくる。

「ふ……あ……」

それは、男ならよく知っている快感だ。

「少し顔色が戻ってきたな」

耳元でフォルティスが囁く。九郎の耳に息がかかり、びくっとした。その瞬間、身体の中に熱がどくんっと巡る。

「あ、あ、ま、まって」

慌てて首を振る。

強烈な快感により、腰骨の奥から熱が弾けそうになっていた。

「どうした？　痛いか？」

「ち、ちが……んっ、あ、で、出そう……と、止めて、トイレに……っ」

このまま放出したら書斎が大変なことになる。

「ここで出していいよ」

扱いていないフォルティスの手が、布を竿先に当てた。絹のようなさらりとした冷たさに、更なる刺激を感じてしまう。

「ああぁ、だ、め、んんんっ！」

我慢しようとしたけれど、くびれに巻き付けられた布からくる刺激に抗《あらが》えなかった。

「ひぁっ、あああっ」

快楽の頂点を迎えた九郎は、フォルティスの膝の上で身体を痙攣《けいれん》させながら、精を放出する。

絞るように残滓《ざんし》までしっかり出させられた。

「息苦しさはどうだ？」

「息？　は、ふっ……はぁ、で、できます」

絶頂の余韻に息を乱しながらも、ちゃんと吸えていることを確認する。

「それなら大丈夫だろう」

フォルティスは持っていた布を机に投げると、抱いていた九郎の身体を反転させて長椅子に横たえた。

「顔色も身体の色も戻っている。その呼吸なら半刻もせずに元に戻る」

九郎に言いながら床に落ちていたものを拾い上げている。ふわりとそれを翻《ひるがえ》すと、九郎の身体を覆った。

「あ……はい……」

九郎が着ていた文官の服である。先ほど脱がされたのを拾ってかけてくれたのだ。

「しばらくここで休んでから行くといい。俺はそろそろ閣議室に戻らなくてはならない」

「あの、ありがとう……ございます」

紅くなりながら九郎は礼を告げる。

「礼はいらない。体質も考えずあの薬を塗ってしまったのだから、責任は俺にある。さてと、新しいスカーフを侍女に持って来させなくてはならないな」

言いながらフォルティスは書斎から出ていった。

「新しいスカーフ？　あっ！」

机の上にあるスカーフに目が留まり、九郎は声を上げてしまう。

（あれは、フォルティスがいつも胸に着けているスカーフだ……）

彼の瞳と同じ緑色の石で留められているものである。

「もしかしてあれ……」

先ほどの自分の痴態《ちたい》を思い出す。

フォルティスに勃起した自分のものを扱かせて、射精させてもらった。快感を極《きわ》めてしまった際に、あの高価そうなスカーフで竿先を覆われ、精が部屋に飛び散らないようにしてくれたのである。

（うわあぁぁぁ）

あられもなく悶えて、彼の手に精を受け止めさせてしまった。

思い出すだけで激しい羞恥に襲われる。

九郎は耳まで真っ赤になりながら、長椅子に突っ伏したのだった。

5

「クロウ、おかおがあかいよ?」

戻った九郎は、イーロスから不思議そうに見上げられた。

「ちょっと走ってきたから……」

苦笑いをしながら答える。

あまりに衝撃的なことだったので、まだ胸の鼓動が速い。そして、思い出すと恥ずかしくて顔が赤らんでしまう。

「クロウもいそがしいの?」

眉を八の字にして質問される。

「え? なぜ?」

「もじのおべんきょうをしていたのでしょう?」

ここに戻るのが遅れたのは勉強が忙しいからだと、侍女たちに言われたらしい。

「勉強は大変だったけど、忙しくはないよ」

微笑んで返す。

「でも……いつまでもこなかったよ？」

「サロンの出口を間違えて、王宮内で迷ってしまったんだ」

「そうなの？　いそがしいのではないの？」

「大丈夫だよ。明日からはもっと早く戻ってくるからね」

今日のようなとんでもないことには、もうならないはずだ。

「ほんとうに？　うれしい！」

イーロスが椅子に座っている九郎に抱きついてきた。勢いで背中が背もたれに当たったが、午前中に感じていたような痛みはない。

（あの薬、本当によく効くんだな）

「よかった。おかさまも、いそがしいって……いなくなっちゃったから」

イーロスは九郎の文官服をぎゅっと握り締めた。

（……そうだよな……）

こんなに小さいのに、母親を亡くしてしまったのだ。それはとてつもなく辛いだろう。

イーロスが哀れで、九郎は彼を優しく抱き締める。

「あの、あのね……フォルも、ずっといそがしいって……いうの」

涙目でイーロスが見上げた。

「ああ……今はそうみたいだね」

「フォルも、いなくなったりしない？」

不安そうな表情で問いかけられる。

「え？　フォルティスが？」

「いそがしいと……いなくなる……」

大きな瞳から涙がこぼれた。

小さなこの子に、死を理解させるのは難しい。だから、忙しくて会えないのだと告げているのだろう。

「大丈夫。フォルティスはいなくなったりしないよ」

イーロスの頭を撫でながら告げる。

元は騎士団長をしていたというだけあり、フォルティスは身体がとても頑健そうだ。九郎を難なく抱き上げているので、力もかなりある。しかも彼には、病すらも寄せ付けない強烈な気迫があった。

（それにもしフォルティスがいなくなったら、この国の政務は即刻滞って大変なことになるよな……。えっ？）

　そのときふと、九郎は自分の考えに違和感を覚えた。フォルティスは物語の中では悪役王子なのに、ここでは皆から頼りにされている。

（それに……あんなことまで、してくれて……）

　先ほどの恥ずかしい場面がふたたび頭に蘇る。九郎にとっては羞恥の極みのような事件だが、フォルティスにとっては迷惑すぎることだったに違いない。いくら自分が塗った薬のせいだとしても、男のモノを扱いて出させるなんて嫌だったはずだ。

（僕だったら……）

　逆のことを考えると、とんでもない姿が想像されて即座に頭から消し去る。とはいえ、自分とは違って、フォルティスはきっといい身体をしているはずだ。

　彼に背後から抱き締められたとき、胸や腹が硬い筋肉に覆われているのを感じた。王子の騎士服を脱いでいて白シャツ一枚だったが、あの布の向こうには筋肉質の引き締まった身体が隠れている。

　脱いだらきっと素晴らしい身体が現れるのだろう。ギリシャ彫刻のようにバランスのいい筋肉がついていそうだ。

　同性の身体に興味を持つことはこれまでなかったのだが、フォルティスからは不思議な魅力を感じる。

ひょろひょろの自分の身体と真逆だからかもしれない。

(触ったら硬いのかな)

実際に触ってみたくなる。


触って……。


「おい、ちょっとくすぐったいんだが」

野太い声がして、九郎ははっと目を見開いた。

「あ……」

目の前に肌色のものがある。そしてそこに自分の手が触れていた。

「わっ!」

驚いて手を離す。そこでやっと、自分はベッドでイーロスと寝ていたことに思い至る。

「あ、あ、あの……」

まだあたりは暗い。夜明け前だ。

「寝ぼけたのか? 突然抱きついてきて俺の夜着のボタンを外すと、ぶつぶつ言いながら触りはじめたんだが」

「え、僕、そんなことを……」

昨日頭の中で考えていたことを、眠っていて実行してしまったらしい。

「ごめんなさい。えっと、あの、イーロスは？」

上半身をひねってベッドの上を見渡す。広いベッドにイーロスの姿はない。昨晩は彼と一緒に寝たはずなのだ。

「寝返りがひどくて落ちそうになっていたから、乳母の部屋にある柵付きのベッドに寝かし直させた」

「あ……そうなんだ」

納得した九郎に、フォルティスの手が伸びてくる。

「もう少し寝かせてくれ」

「は……わ……」

九郎を抱き込んだ。

「さっき戻ってきたばかりなんだ。起きたら好きなだけ触らせてやるから、これで我慢しろ」

九郎の頭をフォルティスの胸あたりで抱き締める。

（いや、べつに触りたいわけでは……）

　否定しようと思ったが、フォルティスは疲れているようだ。このまましばらく抱き枕になって、眠らせてあげた方がいいのかもしれない。

　顔に当たっている彼の胸板は、想像よりも硬くなく、柔らかすぎもしない。

（温かいな……）

　フォルティスの肌から、体温が伝わってくる。昨日も同じように抱き枕にされ、鼓動や体温を感じたが、あの時は驚きで混乱していた。今は驚きよりもフォルティスがこれで眠れるのならという気持ちが強い。

（……二回目だからかな……）

　男のフォルティスの肌に直接触れていても嫌な感じがしない。イーロスに対するものと、似た感覚がある。家族愛のようなものだろうか。

（家族でもこんなことなかったけど……）

　姉とこんなことになったら、お互いゲエッとなりそうだ。もちろん二度とか三度とかありえない。それなのに、フォルティスやイーロスに触れられていても平気だ。どちらかと言えば心地がいい。

　昨日までは異世界に飛ばされて不安が強かったのに、今はそれもかなり減っていた。幼いイーロスがかわいいのと、ここで九郎が生きていけるようにとフォルティスがあれこれ世話を焼いてくれるからかもしれない。

フォルティスやイーロスには、生命力というものを感じる。彼らといると、自分も生きているのだと実感した。

（生きる力か……）

これまで、そういうことを感じたことがあっただろうか。研究や実験結果に一喜一憂することはあっても、感情が揺さぶられるようなことはなかった。なにごとも機械的にこなしていて、人との触れ合いがなさすぎる環境だったのは確かである。

（なんか……いい匂いがする……）

昨日も感じたけれど、フォルティスから涼やかで甘い香りがした。香水なのかもしれない。この国には、良い香りのする石けんもある。香料や薬品が揃っている証拠だ。

（薬品系が発達しているのかも）

あとで侍女に聞いてみようと思いながら、フォルティスの腕の中で九郎もふたたび眠りについた。

翌朝。九郎が目覚めたときにフォルティスの姿はベッドになかった。

「フォルティス王子さまは、早朝の訓練に出られています」

侍女がそう答えた。

「訓練？　なんの？」

朝食を摂りながら質問する。

「騎士団の総帥《そうすい》でいらっしゃるので、週末は王軍の騎士団の総合訓練を指揮されています。王宮の東側にある広場なので、サロンの二階にあるテラスで見学できますよ」

「政務だけじゃないいんだ。本当に忙しいいんだな」

「本来は騎士団の総帥のお仕事だけなんですけどね……」

侍女が眉間に皺を寄せた。なにか不満があるらしい。

「国王の代理で政務の仕事が大変のようだね」

九郎の言葉に難しい表情のまま侍女がうなずいた。

「フォルティスさまはとても有能な方なので、皆が頼ってしまうのは仕方がないのですが、お仕事が多すぎるので心配です。あ、お茶を新しくしてきますね」

侍女は九郎に告げると、お茶のポットを持って出ていく。

（フォルティスは、ここの皆から嫌われるどころか信頼されているよな。イーロスも懐いているし……）

食堂の窓から中庭に目を移す。すでに朝食を終えたイーロスが、乳母と一緒に遊んでいた。たまにこちらをちらちら見てくる。食事を終えて九郎がくるのを心待ちにしているという表情だ。

「今日はなにをしようかな」

九郎は腰を上げながら考える。

「あ、クロウさま、お茶は？」

「もういいよ。ごめんね。ありがとう」

侍女に告げると、中庭に近い食堂の扉を開けた。

すると……。

「ごめんねセイラ、今日も食堂までしか入れてあげられないんだ」

反対側にある扉の前で、王太子のトニエスが平民令嬢のセイラに謝罪しているのが聞こえてきた。

「わたくしが平民だから、殿下のお部屋に入ってはいけないのですよね」

「妃にするのだからと言っているんだが、頭の硬いフォルティスや大臣たちがこととサロンまでしか許してくれなくてね」

「もうしばらく、使用人棟で我慢……いたします」

セイラが悲しそうにうつむいた。

(こういう場面は物語と同じなんだよな)

平民令嬢は王宮で厳しく行動制限され、王太子の部屋に近寄ることさえ禁じられる。寝泊まりも、王宮の使用人棟しか許されなかった。二人の仲を裂くために悪役王子のフォルティスが命じているのだと、姉はヒステリックに怒っていた。

(王太子の部屋から閉め出されるのは気の毒だけれど……)

九郎と入れ替わるように食堂へ入った二人を見つめる。トニエスは給仕に料理を申しつけ侍女に花やレースの飾り布などを持ってくるように命じていた。セイラが座るテーブルには花が飾られ、料理がどんどん置かれていく。

まるでお姫様のお食事風景だ。

豪華な朝食を前に二人は見つめ合い、手を握り合っている。セイラを慰めるために尽力するトニエスの深い愛に、姉はうっとりしていたが……。

(なんかなあ……)

姉のようには感動できなくて、九郎は首をかしげながら食堂を後にした。

廊下を歩き、中庭に出られる扉まできたところ、その向こうに人影が見える。

（あれは……宰相と……）

年老いた大臣と宰相が、フォルティスが使っている書斎のあたりに立っていた。

「騎士団の総合訓練が終わるのはまだかのう」

「もうそろそろのはずです」

「この王族用の書斎で待てばよいのじゃな」

腰の曲がった老大臣が書斎の扉に手を置いている。

「訓練が終わったら、奥の王族用書庫にある資料を渡してくださるそうです」

宰相が説明した。

「資料を渡されても、わしらに理解できるかどうか……」

困ったように老大臣が首を振る。

「理解して全員がサインをするのが決まりですから」

「王太子殿下がやってくだされば、殿下とフォルティスさまのサインだけでよろしいのに」

老大臣が不満を口にした。

「そうですね」

宰相がうなずく。

「トニエス殿下はあれからへそを曲げて出ていったきり、政務はわしらに丸投げじゃな」

呆れた口調で老大臣が言った。

「国王にご即位なされればしっかりしてくださると思って、隣国の王女との結婚を提案しようと思っていたのですが……平民令嬢に固執《こしつ》なさっておいでで……」

宰相が肩を落とす。

「無駄なことじゃったな」

老大臣がうなだれた。

九郎が閣議室を覗き見した時からずっと、トニエス王太子は平民令嬢と過ごしていて政務はしていないらしい。

フォルティスと大臣たちが溜まっていた政務を処理していて、それがとても大変なことは九郎も知っている。なのにトニエスはいっさい手伝わず、セイラとの恋愛に勤《いそ》しんでいるのだ。

（そうだ……）

これまで覚えていた違和感の理由に気づく。

あの物語では、トニエスの優しさやセイラのけなげさが強調されていたが、王太子としての責務や仕事に関して何も記されていない。

苦言を呈して平民令嬢を窘めるフォルティスは、彼らから見れば意地悪な悪役だが、こちら側から見れば極めて正論で、正しく振る舞っている。

フォルティスが王太子に代わって多くの政務をこなし、毎日遅くまで働いていることは物語に出ていなかった。

よくよく考えてみれば、トニエスが王太子として働かず、セイラが立場も考えず王宮で暮らしていることは、正しいとは言えないのだ。

（これ、姉貴が知ったらどうなるかな）

呆然とするだろうか。反応を見てみたいけれど、元の世界に戻れないのだから教える機会はない。

（でもなんか、ほっとした……）

世話になっているフォルティスが、本当は悪役王子ではなかったというのは、とても喜ばしいことだ。明るい気持ちで中庭に行くと、九郎を見つけたイーロスが嬉しそうにかけてくる。

「クーローォ！　おはよー」

（うん、やっぱりかわいい）

ふんわりキラキラな金髪の天使が抱きついてきた。

「今日は何をして遊ぼうか」

イーロスに問いかける。

「あたらしいあそび！」

九郎から離れて、バンザイをしながら答える。

「うーん。そうだなあ」

子どもの頃にした遊びを、記憶の中から手繰《たぐ》り寄せる。

アナログな世界なのでゲームソフトやビデオなどは使えない。オセロや将棋《しょうぎ》は手作りできるが、イーロスにはまだ無理だろう。

（どうしようか……）

九郎は思案しながら見回す。侍女が木の板とチョークを持っているが、お絵かきは昨日したばかりなので喜ばないだろう。

「あ……チョークか……」

この世界のチョークも石灰岩から作られていた。少々凝固《ぎょうこ》が弱いのか、九郎の世界のものより粉が飛ぶのが難点だが、わりと描きやすい。

「今日は『けんけんぱ』で遊ぼう」

侍女からチョークをもらってイーロスに告げる。

「わあい、けんけんぱ！」

　何をするのかわからないけれど嬉しい、という感じでぴょんぴょん飛び跳ねていた。

　イーロスを見ていると、九郎も嬉しくなってくる。侍女たちも笑顔だ。

（フォルティスは悪役王子じゃなかったし、イーロスはかわいいし……本当に、この世界で楽しく暮らしていけそうだ）

　ここに飛ばされなかったら、あのまま修士課程を終了して企業に就職したはずだ。でも自分が企業でやっていけたかは、わからない。そもそも、企業に入りたいというわけでもなかった。大学の研究室に居続けられる才能がないというのと、働かなくては生活できないので渋々である。

（あ、そうか、異世界で就職したと思えばいいんだ）

　ここはいわば海外勤務先みたいなものである。未知の国で新しい仕事をして、永住することになったと考えればいい。できればそれを、姉や両親に伝えられればなお良かったのだが……。

（きっと心配しているだろうな）

　姉に、悪役王子も悪いひとでないことを教えてあげたい。悪いひとどころか、びっくりするくらい男前で、子どもに優しい。

九郎に対しても、すごくよく面倒をみてくれている。

（初めは恐かったけど）

黒い馬に乗って騎士姿で現れたときは、迫力に圧倒された。剣で服を切り裂かれ、殺されるのではないかと震えたのを思い出す。だが、フォルティスは九郎が異世界に飛ばされて困っていることを知ってから、とても気を遣ってくれて、親切に面倒をみてくれる。

（面倒みすぎなところもあるけど……）

書斎で薬を塗ってくれたときのことを思い出し、あれは恥ずかしすぎたと九郎は頬を染めた。


そんなこんなで、異世界にきてあっという間に半月ほど経った。

講義のおかげで読み書きも多少わかるようになった。イーロスとの生活は楽しいし、この世界にある薬品や鉱物について調べるのも面白い。

色々なことに慣れてきたけれど……。

（あれには慣れないなあ……）

毎晩ではないが、目覚めるとフォルティスに抱き締められていたりする。彼にとって自分は抱き枕的存在なのだろうが、九郎はいつまでもそれに慣れない。

見上げると通った鼻筋を持つ美しい顔が至近距離にあり、軍神像のような引き締まった筋肉に包まれている。

背中から抱き締められるのも恥ずかしいが、向かい合わせだったりすると激しく困惑する。しかも九郎の額にフォルティスの唇が当たっていることもあり、そんなときはまるで恋人同士が抱き合って寝ているようなのだ。

「フォ、フォルティス」

気づいて彼の唇から額を放したら……。

「こら、逃げるな」

と、今度は反らした首に口づけられることもあった。

「ひ……あ」

驚きとくすぐったさに逃げようとしたが、がっしりと抱き込まれて逃げられない。

(も、なんか、寝ぼけてない？)

本当は女の人とこうして寝たいのかもしれない。でもイーロスがいるから九郎を代わりにしているのだとしたら……。

（なんかちょっとさびしいな……えっ？）

ふと心の中でつぶやいた自分の言葉にはっとした。

彼から誰かの代わりに抱かれているのがさびしいなんて、思うのは変である。本当に好きな相手を抱けないのなら、気の毒に思うべきだ。

（そうだよ。だって僕は……フォルティスの恋人でもなんでもないんだし）

心の中で自分に言い聞かせる。

こんなのなんでもないというふうに、九郎は硬く目を閉じた。


朝食はフォルティスと摂る事が多い。イーロスは幼児食なのと、遊び食いになるといけないからと乳母と先に摂っていた。

「字は読めるようになったか」

フォルティスから問われる。

「絵本なら読めるようになりました。王族文字も簡単なものはまあ、なんとか」

「王族文字は難しいか」

「ええ。僕のいた世界とは書き方や変換が違うので……でもそこが面白いということもありますね」

「文字の研究か？」

「そうですね。成り立ちや変換ルールの辞典を作ってみるのもいいかな」

「研究者らしい発言だ。講師もおまえの熱心さには感心していたよ」

「毎回質問しすぎてうんざりさせてしまっているかもしれません」

「ほう、それはすごいな……おまえひとりでも、講師は手を抜けないな」

「ええ」

現在講義は九郎ひとりで受けている。セイラは三日目から体調が悪いと言って休んだきり来ていなかった。

体調が悪いというわりに、庭や食堂でトニエスと楽しそうにしている姿を見かける。夜会にも頻繁《ひんぱん》に出ているそうだ。

「王族文字が書けるようになったら、おまえの方が妃に相応しくなるな」

フォルティスが苦笑している。

「は？　僕が妃？」

「冗談だよ。ただ、文字の書けない者を妃にするわけにはいかない」

少し厳しい表情でフォークを置いた。

「読み書きが必要なのですか」

「もちろんだ。王妃になれば国王に代わって署名する権限を持つ。国王補佐として資料を読むことや簡単な陳情《ちんじょう》の返答を任されることもある。平民が妃になれないのは、王族文字の読み書きができないから、というのも理由のひとつだ」

「そうなんだ」

姉に聞かされた話では、平民令嬢は読み書きが出来ないと悪役王子から蔑まれ、惨めさに泣いていた。それがあまりにも不憫で、姉はハンカチを濡らしていたものである。

平民令嬢を王太子妃にすることにフォルティスが反対したのは、こういう正当な理由があったのだ。

「これから遠出をするので先に行く」

朝食を済ませたフォルティスが、立ち上がりながら九郎に告げる。

「どこに行くんですか？」

「王都に壊魔鳥という魔鳥が頻繁に出没するようになった。騎士団を率《ひき》いて調査に行ってくる」

「退治するのですか」

「できればそうしたいが、すぐには難しいだろう。退治する方策を立てるためにまず現状を視察する予定だ」

「大変ですね」

「二、三日王宮に戻れないかもしれない」

「そんなにかかるのですか」

「当初は王宮の近くにある森にしかいなかったが、このところ広範囲に出没している。政務処理に支障が出るのは痛いが、壊魔鳥を先になんとかしなければ、被害が拡大する恐れがある」

　家畜の子ヤギや鶏などを食い荒らすそうだ。

「トニエス王太子に政務をお願いしたらいいのでは？」

　元々彼がしなければならない仕事である。

「一応言ってみたが……」

　フォルティスは小さく首を振った。セイラとの件で、相変わらずへそを曲げたままのようである。

（でも、あれでは王妃は務まらないよなあ）

　王族文字の勉強を、全然していないのだ。妃になる努力は、トニエスといちゃいちゃするだけである。フォルティスに仕えている侍女たちもそのことに憤っていて、セイラに冷たく接しているのだ。

平民令嬢という身分のせいではなく、彼女の態度に問題があるのではないかと、食事を終えた九郎は考えながら食堂を出た。

すると……。

「ですから、わたくしに任せてください」

セイラの声がして、反対側にある食堂の出入口に目を向けた。

(あ、フォルティス)

ちょっと前にあそこから出たフォルティスが、セイラと立っている。何を話しているのか気になり、廊下の陰に隠れて聞き耳を立てた。

「あなたが兄上に命じれば、政務に戻ってくると?」

低い声でフォルティスが聞き返している。

「命じるなんて……平民のわたくしにはできませんわ。でも、わたくしから殿下にお願いすれば、きっと……」

意味深な目でフォルティスを見ていた。うっすらと笑みを浮かべて彼を見つめるセイラから、小悪魔のような雰囲気を感じる。

「……それで？　もし兄上があなたの願いを聞いて戻ってきたら、見返りに何を要求するつもりだ？」

「見返りだなんて……」

考えていないというふうに、セイラはかわいく首を振った。

「王太子妃にしてくれという要求には応えられないぞ」

ぴしゃりとフォルティスが言う。

「わたくし……そんなこと、もう望んでいません」

セイラが一歩前に出た。

(なにをしているんだ？)

身体が触れてしまいそうに近づいていて、九郎は目を見開く。

「わたくしの身分が平民だから、どんなにがんばっても殿下とは一緒になれないことは、わかっております。だからもう、殿下とはいいんです」

「いいとは？」

「一緒になれない方と過ごすのは、疲れました」

肩を落としてセイラはフォルティスを見上げる。

「兄上と別れたいと？」

「ええ……ですから、お別れする前に、殿下にはきちんと政務に戻っていただきたいのです」

「なるほど……」

「ただ、このような理由でお別れするのは、トニエス殿下はきっと許してくださらないわ。だから……」

　セイラはフォルティスの騎士服にそっと触れた。

「フォルティスさまと一緒になりたいからと言えば、わかってもらえると思うの。王妃でなければ、平民でも妻にできるでしょう？」

　王太子以外の妻ならば、平民でも許可が下りるらしい。

（セイラがフォルティスの妻だって？）

　驚いて九郎の目がまん丸になる。

「俺の妻になりたいのか？」

　怪訝《けげん》な口調でフォルティスがセイラに問いかけた。

「わたくし……トニエスさまの恋人でしたけど、この王宮でフォルティスさまにお会いしてから……本当はずっと、お慕《した》いしておりました」

　セイラはフォルティスの胸に手を当てる。

胸の谷間をチラ見させたドレスで、瞬きをしながら彼を見上げた。

（うわあ）

九郎のところにまで、ドキッとするような色っぽさが漂ってくる。これまでは大人しそうな女の子だったのに、今は魔性の女という雰囲気だ。

フォルティスに胸を押しつけるようにして、身体を密着させている。

「わたくしをお疑いになるのなら……今すぐ試してもいいのよ？」

（試すって……まさか）

セイラがちらりと、フォルティスの書斎がある方へ顔を向けた。あそこには長椅子がある。鍵がなければ外からは入れないので、秘め事をするには絶好の場所だ。

魔性《ましょう》の女がフォルティスを誘惑しているのである。

（なんか……）

見ている方がドキドキしてしまうような場面だ。

書斎は九郎のいるところとは反対方向なので、そちらに身体を向けたフォルティスがどのような表情をしているのかわからない。

「ね、行きましょうよ」

セイラが胸を押しつけたままフォルティスの腕にしなだれかかる。

「そのような暇はない。俺にはこれから行かなければならないところがある」

フォルティスはセイラの身体を自分から離した。

「ではお帰りになられてからにします？」

それでもいいのよ、というふうに笑みを浮かべている。

「おまえと何かする気はない。そもそも、俺の書斎に入れる身分ではないだろう？」

背筋が震えてしまいそうに冷たい言葉が、フォルティスから発せられる。

「で、でも、イーロスのお世話をしているあの男を入れていたわ。あの者も平民なのでしょう？」

セイラが気丈《きじょう》に問い返した。

（え？　僕のこと？）

「俺が言っているのは出自による身分ではない。教養に関してだ。文字の読めない者が書斎に入る資格はないってことだよ」

フォルティスは辛辣《しんらつ》な嫌味で答えた。

「……っ、なんてひどいお言葉……。わたくしはただ……あなたと仲良くなりたかっただけなのに」

声を震わせて首を振っている。遠目だが泣いているように見えた。

「嘘泣きはいらない。俺は忙しいんだ。とっとと下がれ」

取り付く島も無く、厳しい言葉が投げつけられる。

「ふ、ふん、なによ。せっかく力になってあげようとしたのに……トニエス殿下に取りなしてあげないんだから」

「本性が出たな。俺が好きだとかいいながら、心の中で舌を出していたことぐらいお見通しだ。それに俺には、すでに心に決めた相手がいる。いくらおまえが誘惑しようとしても無駄だ」

フォルティスは忌々《いまいま》しそうに告げると、大股で廊下を去っていく。

（心に決めた相手……？）

これまでフォルティスから、そのような女性がいることを聞いたことはない。というか、彼は騎士団の仕事と政務とイーロスの世話をし、九郎たちと一緒に寝ているので、女性の気配など皆無《かいむ》だった。

（いったい誰が？　王子の間で働く若い侍女たちの中にいるのかな）

驚きながら相手が誰なのか想像する。

「心に決めた人って、イーロスさまの母上でしょ？　もう亡くなっているじゃない」

フォルティスの後ろ姿に向かって、セイラが吐き捨てるように言った。

(――イーロスの母だって!?)

6

フォルティスは壊魔鳥退治のために、騎士団を率いて王宮を出ていった。当初は二日の予定であったが、三日経っても帰ってこない。

「フォルはきょうかえってくる？」

不安そうな顔でイーロスが九郎に問いかける。

「予定では今日までに帰ると言っていたけど、壊魔鳥の退治が長引いているのなら、もう少しかかるかもね」

壊魔鳥を追って王都中を駆け回っているらしい。

「そうなんだ」

ショボンとしながらイーロスはうなずいた。

「大丈夫だよ。ちゃんと帰ってくるよ」

励ましながらイーロスの背中を撫でる。

（でも……）

九郎もイーロスと同じ気持ちだった。

フォルティスが王宮に二日間いないだけで、すごく寂しいのである。朝目覚めてもベッドに彼がおらず、抱き締めてくる腕や伝わってくる体温がない。壊魔鳥という魔鳥がどういうものか知らないが、ケガなどしないだろうかと心配でもあった。

「気分が塞ぎそうになるから、今日は外で遊ぼう」

「うん」

イーロスが同意すると、侍女が外遊びの道具を持ってくる。

九郎はイーロスの手を引いて、居間から廊下に出た。道具を持った侍女も後に続いている。

廊下から中庭に出る扉まで来ると……。

「あら……」

侍女が食堂の方を見て足を止めた。

「あれは……セイラ？」

食堂からセイラが出てくるところである。こちらに気づいていないのか、持っていたパンをかじっている。

「まあ……お行儀《ぎょうぎ》の悪い……」

侍女が眉を顰《しか》めた。

「今日はトニエス王太子と一緒ではないんだな」

「フォルティスさまが外出なさっている間は、トニエス殿下が政務をなさることになったそうです」

九郎のつぶやきに侍女が答えた。

この状況で、さすがに平民令嬢と遊んでいるのは不味いと思ったのだろう。トニエス王太子がいないとセイラは暇そうだ。パンをかじりながらぶらぶらと廊下の向こうへ消えていく。

「はやくおそとにいこうよ」

九郎の後ろでイーロスが服を引っ張った。

「そうだね」

衛兵が扉を開いてくれて、九郎たちは中庭に降り立つ。風はなく、ほどよい気温だ。外遊びには絶好の天気である。

「なにをしようか」

芝生の道を歩きながらイーロスに問いかけた。

「あのねえ。このあいだしたけんけんぱする！」

元気よく答える。

「ああ、あれかあ。それじゃあ床に丸を描かなくちゃいけないから、ここでは無理だなあ」

九郎はあたりを見回す。中庭とはいえ王宮だけあって広い。

「あちらの噴水があるあたりが、滑らかな石の床になっております」

侍女が中庭の北側を指して言う。

中央に女性の像が立っている円形の池があった。女性像が抱えている甕《かめ》からは、断続的に水が落ちている。

「じゃああそこにしよう。綺麗な像だね」

向こうへ行こうと歩き出す。

「あのね。ぼくのおかさまだよ」

「えっ？」

イーロスの言葉にドキッとする。

「フォルがおしえてくれたの。ぼくのおかさまににてるって」

「そうなんだ……」

九郎の頭に、『心に決めた人って、イーロスさまの母上でしょ？　もう亡くなっているじゃない』と叫んだセイラの言葉が蘇る。あれから、あの言葉が何度も九郎の頭の中に響いていた。

「綺麗だね……」

像を見上げてつぶやく。

「フォルもおかさまはきれいだっていってた」

イーロスの言葉が、なぜか九郎の胸に突き刺さる。

（フォルティスが心に決めた綺麗な女性……そして、イーロスは彼とこの人との子どもなのかな？）

隣に立つイーロスを見下ろす。

「君にも、似てるね」

「うん」

とても嬉しそうにうなずいている。

（そうか。イーロスの亡くなった母親をフォルティスは……）

九郎は像を見上げた。

美しくて優しそうな顔をしている。この像に似ているのなら、かなり美人な女性だったのだろう。

イーロスの親について、これまでちゃんと聞いていなかった。

母親亡きあと、フォルティスが面倒をみている。でも、物語のフォルティスは独身だったので、彼の子という確信は持てずにいた。

姉が読んでいたライトノベルに、イーロスや母親のことは出ていない。裏設定でセイラやトニエスがあんな人物だったのだから、フォルティスが妻子持ちだったとしても、ありえなくはない。

石の床にチョークでけんけんぱの丸を描きながら、九郎は大きく息を吐いた。

(なんでこんなに落ち込むんだろう)

よくよく考えれば、イーロスがフォルティスの子であり、彼に妻がいてもおかしくはない。だから彼がイーロスを育てているのだ。当然のことではないだろうか。

けれども……。

胸に重しを乗せられたような苦しさを感じていた。

(なんで?)

もう亡くなってしまったイーロスの母親に、どうして苦しさを感じるのだろう。

「クロウさま？　どこまで描かれるのでしょうか」

侍女から声をかけられて、九郎ははっとした。

「あっ……描きすぎた！」

けんけんぱの丸が噴水から離れた場所まで伸びている。描き始めの噴水横にイーロスがいて、早くやろうよとぴょんぴょん跳ねていた。

「ああごめん。考え事をしていて……じゃあ始めようか」

立ち上がって侍女に言う。

だが……。

「ひっ！」

侍女は九郎を見て顔を引き攣らせた。

「え？　僕なんかした？」

「あ、あ、あれ」

侍女はおののきながら九郎の後方を指している。

振り向くと、大きな黒い鳥がこちらに飛んできていた。

「あれは壊魔鳥！」

以前、衛兵といた際に見た魔鳥である。あの時は遠目だったが、今回はすぐそこまできていた。

「なんて大きいんだ」

　カラスの二倍どころではない。イーロスぐらいの子どもなら、簡単にさらって行ける大きさだ。

「とり！　とり！　こわいぃぃぃ」

　イーロスが叫びながら立ち尽くしている。噴水横の最初に描いた丸の中にイーロスはいて、最後に描いたところに侍女と九郎がいた。壊魔鳥の飛ぶ速さと角度を計算すると、明らかにイーロスを狙っている。

　侍女も気づいたのだろう。九郎と同時にイーロスの方へ駆け出した。

　研究職で運動不足であるが、長いスカートの侍女よりは早くイーロスのところに着く。

　硬直しているイーロスを抱きかかえてしゃがみ込んだ。

『グガァグガァー』

　耳障りな鳴き声と、バサバサバサっという羽音が九郎の頭上を通る。

「痛っ！」

　九郎の背中に鳥の爪が掠った。錆《さ》びたカッターナイフで切られたような、ざっくりとした痛みが走る。

「きゃあああ」

　隣でしゃがんでいた侍女が悲鳴を上げた。彼女の手やポケットから落ちたチョークが、バラバラと音を立てて散乱する。

「うわっ、また来た」

壊魔鳥が旋回《せんかい》してふたたび襲ってきた。イーロスを抱いたまま転がり、かろうじて鋭い爪を避ける。

イーロスを餌《えさ》と思っているのか、九郎から奪おうとしているようだ。

「誰かあ、誰か、衛兵！　ここに来てえ！」

侍女が壊魔鳥を避けながら叫ぶ。

壊魔鳥は動きがそれほど俊敏でない。そのおかげで避けられるのだが、逃げてばかりではどうしようもない。

「ここには武器とかないし……」

長い棒や槍のようなものがあればと思うが、見当たらなかった。

（あ、そうだ！）

九郎はポケットからYの字型のパチンコを取り出す。この世界には、九郎のいた世界よりも強く反発するゴムが存在した。それでイーロスと遊ぼうと試作してみたパチンコを持っていたのである。

床に散らばったチョークをひとつ拾うと、パチンコのゴムにセットした。震えるイーロスを背中に回し、九郎はやってくる壊魔鳥に狙いを定める。

ビシッという音とともに、チョークが壊魔鳥に向かって飛んでいった。

『グガァァ』

大きく開いたくちばしの中にチョークが飛び込み、壊魔鳥が悲鳴を上げて羽ばたく。一瞬上昇したが、ふたたび九郎に向かってきた。

怒らせただけで大した効果はなかったようだ。それでも他に武器はないので、壊魔鳥の顔を狙って撃つ。

『グギャグガァ』

顔に当たってもさほど痛くはないようだが、チョークの粉が目に入るらしい。嫌そうに首を振っている。その間に次のチョークをセットして、壊魔鳥を迎え撃つ。

「クロウさま!」

侍女がチョークを拾って渡してくれる。九郎は連続して壊魔鳥を撃った。

「がんばれクロー!」

イーロスも後ろから声援を送ってくれる。

(ありがとう……でも……)

チョークに撃たれ、粉を嫌がって後退していた壊魔鳥だったが、だんだん効果が薄れて

きていた。

チョークの粉がまいあがっている九郎たちの回りを、壊魔鳥は旋回して飛び続けている。

こちらに向かってくるのとは違って、パチンコで狙いを定めるのが難しい。ほとんど当たらなくなってきた。

「えいっ!」

イーロスがチョークを投げる。当たらないけれど石の床に落ちて煙が上がった。粉がまいあがっているうちは、壊魔鳥もここに入ってこられない。

「そうだ、チョークを、床に投げて、げほっ」

咳き込みながら九郎は叫び、チョークを床に投げつけた。

「はい!」

侍女も一緒に投げ始める。

だが、チョークの数は限られている。チョークがなくなったら襲ってくるだろう。

(次はどうする?)

投げながら考えるも、いい案が浮かばない。

「なくなっちゃった」

イーロスがあたりを見回している。

「私ももうございません」

ポケットの中を裏返して、チョークがないと侍女が告げた。

「ついに尽きたか……」

チョークの粉が収まり始める。

そうなれば、壊魔鳥はすぐに襲ってくるだろう。

「こういうときは、ヒーローが助けに来てくれるものじゃないのか！」

パチンコを握り締めながら九郎はやけくそになって叫ぶ。

すると……。

バーンッという破裂音が響いてきた。

「えっ？」

九郎は驚いて目を見開く。

池の奥にある、中庭と王宮の本庭を隔てている木の塀が、破壊されていた。そしてそこから、馬に乗った騎士たちがなだれ込んできたのである。

「うわ、本当に来た！」

「あーフォルだー」

「フォルティスさま！」

黒い馬に乗ったフォルティスが先頭を走ってきた。羽根飾りのついた騎士団長の帽子を被り、黒髪をなびかせながらやってくる。

壊魔鳥はやってくるフォルティスたちに気づくと、飛び方を変えた。

『グガァアァ！』

九郎たちには尾を向け、フォルティスの方へ威嚇《いかく》するような鳴き声を発している。

「床に伏せていろ！」

フォルティスが九郎たちに叫ぶ。

「はい！」

九郎はイーロスを抱くと、侍女と一緒に石の床にうつ伏せた。顔だけ上げた九郎の目に、向かってくる壊魔鳥を狙って矢が飛んできているのが映る。

『グギャグギャ』

翼や体に矢が当たっているけれど、壊魔鳥の羽は鎧のように硬いようで刺さらない。当たってもほとんど弾き飛ばされている。

「ふん、生意気な」

不敵な笑みを浮かべたフォルティスは、両刃の剣を右手で持った。馬上で高く構えると、壊魔鳥に向かっていく。

壊魔鳥は騎士たちが大したことないと判断したのか、さほど高く舞い上がらずにフォルティスを迎え討つ。

「フォルティス！　そいつの爪はナイフと同じだぞ」

九郎が声をかける。

「わかっている」

向かってきた壊魔鳥の爪とフォルティスの剣が、ガキッという音でぶつかった。

「ちっ！」

壊魔鳥の爪はびくともせず、フォルティスの剣に刃こぼれが生じている。

『グギャグギャグギャ』

まるで笑っているように壊魔鳥は鳴き、フォルティスに襲いかかる。

「伝説の通りだな。鋼鉄のような羽だ」

襲ってくる鳥を剣で薙ぎはらう。金属音が響き渡り、剣は壊魔鳥に当たるごとにボロボロになっていく。

(このままではやられてしまうのでは？)

九郎が心配したそのとき、剣の切っ先が折れた。

「しまった！」

フォルティスの手には、半分の長さになったボロボロの剣が残されている。壊魔鳥は呆然と剣を見つめているフォルティスに向かって、くちばしを大きく開いた。

フォルティスの頭を挟んで食いちぎろうとしている。

「フォルティス！　危ない逃げて！」

「フォルー！」

九郎たちが声を上げるが、彼は剣を見つめたままだ。開いた壊魔鳥のくちばしがフォルティスの頭部に最接近する。

「このっ」

待っていたかのように、折れた剣をフォルティスはくちばしの中に突き入れた。

『グギャ！』

不意打ちを食らった壊魔鳥は、ものすごい勢いで首を振り始める。何回か振ったのち、フォルティスの折れた剣が鳥の口から吐き出された。

「ああっ」

残念だと九郎たちが声を上げた瞬間……。

『グギャギャアアアア！』

悲鳴を上げて壊魔鳥が羽ばたいた。

壊魔鳥の目に、矢が突き刺さっている。

折れた剣で鳥を引き付けて、くちばしにつっ込んだ後に左手に隠し持っていた矢で突いたようだ。壊魔鳥は目に矢が刺さったまま急上昇し、そのまま飛び去っていった。

「逃げられたか……」

馬上でフォルティスがつぶやく。首筋の汗が光に反射し、きりっとした横顔と黒髪が風になびいている。

（なんか……めちゃくちゃかっこいい……）

豪華な革鎧を身に着けたフォルティスは、中世絵画の戦士そのものだ。このまま本の表紙にしたら、飛ぶように売れると思う。

「フォルー！」

イーロスが駆け寄る。

「大丈夫だったか？」

「うん」

馬から下りたフォルティスはイーロスの頭を撫でた。

「助けに来てくれてありがとう」

九郎もフォルティスのところへ行って礼を告げる。

「ようやく見つけた壊魔鳥を追っていたら、王宮に入っていった。まさかここに来るとは思わなくて、警備が手薄で悪かった」

「うん。こんなものしかなくて、もうどうしようかと思ったよ」

持っていたパチンコを差し出す。

「これで応戦していたのか……」

驚いた表情でパチンコを見つめた。

「クロウさまがチョークで煙幕を作ってくださいました。それでフォルティスさまがいらっしゃるまで時間稼ぎができました」

侍女が説明する。

「なるほど、クロウは賢いな」

フォルティスが笑顔で九郎の頭も撫でた。

(子どもじゃないんだけどな)

けれど、大きなフォルティスの手で撫でられるとほっとする。二日ぶりに会えた嬉しさも感じていた。

「あー、フォルおけがしてる」

イーロスが九郎を撫でているフォルティスの腕を指している。右肘の近くに裂傷《れっしょう》があり、血が出ていた。

「ああこれか……」

九郎の頭から手を放し、肘を曲げて見つめている。

「おとりの剣を突き上げた際に、壊魔鳥の爪が当たったからだろう。おまえたちに怪我はないか？」

「ぼくはだいじょぶ」

「わたくしも怪我はございません」

「僕も……」

イーロスと侍女に続いて九郎が大丈夫だと言おうとしたのだが。

「クロウはおせなかにおけがしてるよ」

イーロスが教えてしまった。

「なんだって？」

眉間に皺を寄せてフォルティスが九郎に顔を向ける。

「あ、いや、大したことないから」

手のひらを彼に向けて九郎は返す。

「でも、ちがでてるよ」

イーロスが九郎の背中を見て言う。

「ちょっと爪でひっかかれただけだから」

「壊魔鳥の爪で？　ちょっと見せてみろ」

「だ、大丈夫。かすっただけで、なんともないから」

慌てて首を横に振る。

こんなところで文官の服を脱いで見せるのは嫌だし、もしあの淫《みだ》らな反応を示してしまう薬を塗られても困る。

「なんともないのならいいが……」

フォルティスもすぐに引いてくれて九郎はほっとした。

すると、あたりにガシャッガシャッという金属音が鳴り響く。

「なんだ？」

振り向いた九郎の視線の先に、金属の鎧を身に着けたトニエスがいた。大きな剣を手にしているが、重くてうまく歩けないらしい。

「壊魔鳥は、ど、どこだ？」

目だけが左右に動いている。被っている兜《かぶと》が重すぎて首が回らないようだ。

「フォルティスさまが先ほど追い払ってくださいました」

中庭に駆けつけていた宰相がトニエスに報告する。

「なんだ、追い払ってしまったのか。私がやっつけてやろうと思っていたのに」

ぶんっぶんっと剣を振るが、重さで身体がグラグラ揺れていた。

（鍛えていないのが丸わかりだ）

姉の本では、悪者退治のために銀色の鎧を身に纏ったトニエス王太子が、眩しいほどに輝いていたという記述があったはずだ。あの場面はただ鎧が輝いていただけだったのかと思ってしまう。

「次は逃さず退治するのだぞ」

トニエスが偉そうにフォルティスに命じている。

「あれを退治するには、特別な剣を作らなくてはならない。普通の剣では鋼のような羽のせいで折れてしまいます」

「はあ？　たかが鳥だろう？　次は私に任せればいい。この剣で退治してやるよ」

トニエスは胸を張って言うと、鼻を膨らませた。壊魔鳥を直接見ていないせいか、恐ろしさがわからないらしい。

「さて戻るか。ったく重いなあ」

トニエスがよっこらしょと踵を返す。方向転換するだけでも大変そうだ。あれなら革鎧のほうが動きやすくていいのではないかと九郎は思う。

「た、た、たいへんです！　陛下が！　陛下があ！」

国王付きの使用人が息を切らしてやってきた。

「父上がどうしたのだ」

トニエスが問いかける。

「それが、陛下の寝室からうめき声が聞こえて中に入ったところ。陛下がとても苦しまれていて」

「父上に付き添っていた侍女はどうした？」

フォルティスが訊ねた。

「壊魔鳥が来るとのことで、陛下の鎧を取りに行っていました。その間に呟き込まれたのです」

「寝たきりの父上に鎧だと？」

「王太子殿下からご伝言があったと申しておりました」

「私はそのようなことを命じていないぞ」

トニエスが目を剥《む》いて否定する。

「とにかく父上の部屋へ行こう」

フォルティスは再び馬に乗り、中庭から出ていった。ここからなら馬で本庭に出て国王の間がある建物に行った方が早いのだろう。

「あ、おい！」

トニエスが追いかける。ほとんどスローモーションで、ガシャガシャと音を立てて中庭から出ていった。


夜になって、フォルティスが九郎とイーロスのいる寝室に戻ってきた。

「王さまの具合は？」

九郎はベッドから起き上がり、天蓋の向こうにいるフォルティスに問いかける。イーロスは隣で熟睡していた。

「まだ起きていたのか……。父上の容態は、なんとか落ち着いた」

難しい表情でフォルティスが答えた。

「大変だったね」

お疲れ様という気持ちで声をかける。

遠征から戻ってきて壊魔鳥と戦い、終わってすぐに父王の危篤《きとく》で王の間に詰めていたのだ。

「ああ、ちょっとな……」

天蓋を捲って、中に入ってくる。ベッドサイドに置かれたランプに、フォルティスの横顔が照らされていた。陰影がくっきりついて、いつも以上に美しい。

ガウンタイプの夜着の合わせ目から、しっかりと筋肉がついた胸が見えている。

「僕、ちょっと喉が渇いたから、先に寝てて」

フォルティスと入れ替わるように、九郎はベッドから出ようとした。

「水ならそこにあるだろう？」

ベッドサイドに水差しとゴブレットが置いてある。

「少し暑くて……か、風に当たりたいんだ」

なんとか誤魔化して行こうとしたけれど、フォルティスからすばやく腕を掴まれてしまった。

（うっ！）

九郎は目を見開く。

「おまえ……汗だくだな」

引き寄せられて顔を至近距離から見られる。

「うん……だから、外に……はなし……てくれ……っ！」

暑いからだと主張したが、強引に後ろ向きにされた。フォルティスから膝上まである夜着の裾が捲られる。

「やっぱりそうだな。いつからだ？」

九郎の背中を見たフォルティスが呆れ声で質問してきた。

「ゆ、夕方……ぐらいから……」

観念して答える。

壊魔鳥の爪で引っかかれた背中が、夕方から痛み出した。昼間はジンジンする程度だったが、夜になると熱を孕《はら》んだ痛みが増していく。

「みみず腫《ば》れがひどいな。こんなになるまで、なぜ隠していたんだ」

ちょっと恐い声で詰め寄られる。

「だ、だって……言ったら、あの薬……塗られるだろ？」

フォルティスに背を向けたまま九郎は答えた。

「まあな。塗ればこんなことにはならず、早く治まる」

「で、でも……あれは、副作用があるから……嫌なんだ」

ため息混じりに告げる。

「そのぐらい我慢しろ。辛かったら俺が出してやるよ」

「それが嫌なんだ」

振り向いて言い返した。

「なぜだ？」

不思議そうに見返される。

「は……恥ずかしい……」

消え入りそうな声で答えた。

「えっ？」

「なんか……僕だけ、感じちゃって……声とか出て、裸で悶えて……、それを見られるのが…」

顔を赤らめて訴える。

「おまえだけじゃなければいいのか？」

「……どういう？」

視線をフォルティスに向けた。

「俺も同じ状況なら、問題はないのだろう」

右腕を持ち上げて九郎に示した。ガウンの広い袖口が捲れて、フォルティスの肘の近くに赤黒いみみず腫れが現れる。

「あ……それ……」

壊魔鳥と戦った際にフォルティスも腕に傷を負っていた。それが腫れて、九郎と同じような症状になっていると思われる。

「夜になって腫れてきたから、寝る前にあれを塗ろうと思っていた。おそらくおまえも同じではないかと思っていたんだよ」

フォルティスが薬の瓶を九郎に見せた。

「二人で塗るの？」

「それならいいのだろう？」

（い、いいのかな……？）

考えようとするけれど、先ほどから背中の痛痒《いたがゆ》さがひどくて思考が定まらない。この痛みがなくなり、副作用でみっともない状態になるのが自分ひとりではないのなら、醜態《しゅうたい》を晒すことにも耐えられる気がする。

「うん……わかった」

フォルティスは自分の腕に薬液を塗ると、九郎の夜着に手をかけた。被るタイプの夜着なので、脱がなくては背中に塗れない。

「うっ！」

筆で薬液が塗られていく。これもすごくすぐったいのを思い出した。

「動くなよ」

と言われても……。

「は……ひ、っ！」

どうしても背中がくねってしまう。

「線状の傷が二本ついている。壊魔鳥の親指だろうな。俺もあれの親指でやられた」

「毒は親指の爪にあるのかな」

薬を塗り終えて、ほっとしながら九郎が質問する。

「爪全体かもしれないが、くちばしや口にはそういったものはなかったな」

「じゃあ、あの爪を封じれば……」

退治できると言おうとしたのだが、身体の奥がドクンッと大きく鼓動した。

「どうした？　まだ痛むか？」

「いえ、痛みは、かなり軽くなってきました……」

びっくりするくらいよく効く薬だと思う。あんなに辛かったのに、潮《しお》が引くように痛痒さがなくなっていた。

だが、痛みが消えると副作用も即座にやってきている。

「うう……やっぱり……」

手足の痺れと股間の疼きが強まってきた。

「相変わらず副反応が早いな」

九郎の反応を見てフォルティスがつぶやく。

「フォルティスは、なんとも、ないの？」

一緒にという話だったのに、九郎だけでは不公平だという顔をした。

「あれの副作用は出ない方なんだ。だが、今宵は少し出ているな」

床に足をつけてベッドに座っていたフォルティスが、自分の下半身に目を向けている。

彼が纏っている上等なガウンの合わせ目が、不自然に盛り上がっていた。

「あ……」

九郎と同じ場所に副作用が出ている。

「一緒に射精《だ》せばおまえは恥ずかしくないし、お互い楽になる」

「そ……そうだね……」

同意したのはいいけれど……。

九郎の手足は痺れがあって力が入らない。わかっているフォルティスは手際よく九郎の下衣を脱がせる。この国の夜着は下衣と下着が繋がっているので、九郎はあっという間に全裸だ。

「ちょ、ちょっと……」

副作用により勃起していた九郎のモノが露わにされている。隠す間もなく、両脇から身体を持ち上げられた。

「よっと！」

ベッドに座ったフォルティスは、彼の腿を跨がせて九郎の腰を下ろす。

「なんでこんなこと！」

焦って声を上げた。

「静かに！　イーロスが起きたら面倒だ」

広いベッドの向こう側に、イーロスが眠っている。いつもなら夜中にやってきたフォルティスが乳母のところへ抱いていくのだが、今夜はまだ時間が早い。九郎が寝かしつけを担当しているこの時間は、乳母と侍女たちは夕食を摂ったり入浴や寝る支度をしたりしているのである。

「うう……」

向かい合わせの彼との間で、九郎のモノがしっかり勃っていた。

「俺の肩に掴まれるか？」

九郎の両手が肩に乗せられる。痺れているがなんとか掴む。

「これって、恥ずかしすぎる」

肩に掴まりながら小声で抗議した。

「俺も同じだからいいだろう」

フォルティスがガウンの前合わせを開いている。

「……っ！」

九郎の目の前に、立派な男根が現れた。

（お、大きい……）

二人の身体の間にランプの光が届かないので、はっきりとは見えない。けれども、赤黒いモノがそそり勃っているのはわかる。フォルティスはちんまり勃っている九郎のモノと、彼の立派なモノを重ねるようにして握った。

（ひやっ！）

声を出さずに九郎は跳ね上がる。

「こうやって一緒に出せばいい」

（一緒に出すって……こういうこと？）

予想外のことに驚くけれど、フォルティスの手が動き出すと言葉が頭から吹っ飛んだ。

「あ……それは……っ！」

刺激的な快感に襲われる。

フォルティスの竿はすごく硬くて、九郎のくびれや裏筋が強く擦られた。彼の大きな手に包まれ、数度扱かれただけで身体の熱が急速に上がっていく。

「どうだ？」

「い、いい……」

としか答えられなかった。

あの書斎でもそうだったけれど、フォルティスは快感のツボを絶妙に刺激して扱いてくる。恥ずかしさや抵抗感はどこかに押しやられ、快楽の沼に引きずり込まれた。

「も、もう……あぁ、だ、だめ……声が出て……」

あまりの快感に、身体が頂点へと駆け上がっていく。それにより、生理的に声が出そうになる。

（声を出したらイーロスが起きてしまう）

口を塞ぎたいけれど、手に力が入らない。

「は、んあぁっ」

どうしようと、喘ぎながら見上げた九郎の目に、フォルティスの美しい顔が近づいてくるのが映る。宝石のような緑色の瞳がぼやけるほど大きくなり……。

「ん……っ！」

彼が唇で九郎の唇を塞いだのを自覚する。

これなら声を出してもイーロスには聞こえないだろうというふうに、フォルティスの手の動きが大きくなった。

（そ、そうだけど！）

九郎にとって初めての口づけである。子どもの頃に姉がふざけて頬にちゅっとして以来だ。

けれど、嫌悪感よりも快感の方がずっと強い。喘いで開いていた唇の間にフォルティスの舌が侵入してきたら、頭の中まで痺れるような快感に襲われた。

（これはいけない！）

九郎は達《い》きそうになっている。でもこのままだとフォルティスの手やガウンを汚してしまう。

離れようとしたけれど、フォルティスがもう一方の手を九郎の背中に回して抱き寄せていた。

（ああだめ）

快感の頂点が見えてくる。

「う……っ！」

そのまま彼との間に吐精《とせい》してしまった。

7

翌朝。

九郎はベッドから起き上がって周りを見る。イーロスもフォルティスもいない。天蓋が開かれていて、窓の外から朝陽が差し込んでいた。

「なんか……まいったな……」

つぶやきながら起き上がる。

昨夜、フォルティスと口づけをしながら淫らなことをしてしまった。あんなに感じたのは初めてで、最後には意識を失ってしまっていたようである。

（きっと……迷惑だっただろうな）

あのあと、フォルティスが九郎に夜着を着せてベッドに寝かせてくれたのだろうか。

明るい寝室には、昨夜の淫靡な空気はどこにも残っていない。九郎の唇にフォルティスの唇の感触が記憶として残っているだけだ。

喘《あえ》ぎ声が聞こえないようにするための口づけなのに、頭の中から消えない。

（謝罪とお礼はしないとな……）

夜着を脱いで寝室の鏡に背中を映してみると、うっすらと線が残っているだけだ。痛みも痒みも消えている。とんでもない副作用はあるけれど、効き目はすごいと思う。

あの副作用部分を消すことができたら、傷薬として素晴らしいものができそうだ。そんなことを考えながら着替えて食堂に行く。

（……あ……）

食堂にフォルティスがまだいた。食事は終えたようだが、書類らしきものを見ながらお茶を飲んでいる。明るい朝の光の中にいる彼は、彫像のように美しい。

「おはようございます」

赤くなりながら九郎は席に着く。

「よく眠れたようでなによりだ」

書類を置いてフォルティスがこちらを見た。

「すみません」

肩をすくめて謝罪する。

「謝ることはないだろう？　背中の傷はどうだ？」

「お、おかげさまで、治りました」

「それはよかった。……実は、おまえに言っておきたいことがある」

　真剣な眼差しを向けられた。

「な、なんでしょう……」

　魅力的な緑の瞳にドキッとしながら応える。

「俺はこの国の王子であり、王位継承権は兄上の次にある」

「そうですね……」

「だが、兄上が平民のセイラを妻にして、俺が貴族の令嬢を妻にしたら、その序列は変わるかもしれない」

　フォルティスの言葉に、九郎ははっとする。

(次の王の座を狙っている?)

　姉の本には、悪役王子は王太子の座を簒奪して、次の国王になろうとしていた。あの場面を聞かされたときには、悪役王子はひどい奴だと不快になった。けれど、政務をこなし騎士団を率いて壊魔鳥を退治しに行くことを知った今は、フォルティスの方がずっと国王に相応しいと思っている。

　とはいえ……。

(貴族の令嬢を妻にするんだ……)

当たり前のことなのに、九郎の胸に突き刺さるものがある。

これまでここでイーロスと三人で、まるで家族のように過ごしてきた。フォルティスはイーロスの父のような存在で、九郎は母に近い。

そして、九郎にとってフォルティスは……。

(……夫や恋人？　いや、まさかそんな、そんなわけない)

頭に浮かんだ言葉を即座に否定するけれど、考えただけで顔が熱くなる。

「そのこともあってだな……実は……」

フォルティスが言いにくそうに言葉を切った。

(もしかして……)

妻《めと》を娶れば、イーロスの母代わりになる。以前セイラが、フォルティスが心に決めた人はイーロスの亡くなった母だと言っていた。その人物の代わりとなる貴族の令嬢が現れたとしたら、世話係の九郎は邪魔になる。

(もしかして……今回の壊魔鳥退治で遠出した際に出会ったとか？)

自分はいらなくなったのだ。フォルティスは九郎を切るための言葉を探しているに違いない。

そんな言葉は聞きたくない。耳を塞ぎたい。そう思っている九郎に、フォルティスは意を決したような視線を向けてきた。

だが……。

食堂の扉が突然開かれる。

「国王陛下の意識が戻られました！」

衛兵が食堂にやってきて報告した。

「おお、父上の！」

フォルティスが喜びの表情で立ち上がる。

「この話はまたあとで」

九郎の肩をぽんと叩くと、足早に食堂から出て行ってしまった。

（はぁ……）

最後通告を引き延ばされた気分である。

「いったい誰なんでしょうね」

朝食を持ってきた侍女に問いかけられた。

「だ、誰って？」

フォルティスが妻にする貴族の令嬢のことだろうか。

「陛下の喉にパンを詰め込んだ犯人ですよ」

「ええっ？　なんだって？」

予想外の言葉に驚愕する。

「ご存じなかったのですか？　昨日、中庭で壊魔鳥が襲来した騒ぎに乗じて、病床の陛下の喉にパンを詰めて殺そうとした者がいたんです」

声を潜めて侍女が九郎に告げた。

「あの時に？」

壊魔鳥が逃げてトニエスが来たあとに、国王の容態が急変したと騒ぎになっていたことを思い出す。

「ただ具合が悪くなったわけではないんだ」

「このところ少しずつお食事も摂られるようになっていて、快方《かいほう》に向かってらっしゃいました」

「犯人は捕まっていないんだね」

「ええ。ただ……」

侍女は眉間に皺を寄せて九郎に顔を寄せた。

「陛下の喉に詰まっていたパンは、昨日この食堂でしか出されておりません」

「えっ？」

九郎は侍女の顔を見上げる。

「昨日は、王太子殿下とイーロスさま、そして九郎さまが使われていました」

「僕とイーロスは中庭にいたし、トニエス王子も、あの鎧で国王の間から来たら間に合わないのでは？」

「ええそうです」

「数日前に出された同じパンということは？」

九郎の推測に侍女は首を振った。

「あれはガナルナッツを練り込んだ試作品で、昨日初めて出されたものです」

昨日のパンにはクルミに似たナッツが入っていた。九郎はクルミ好きなので、美味しいと思いながら食べた記憶がある。

（そういえば食堂の廊下で……）

パンを囓っているセイラを見たことを思い出す。あれはあのパンではないか。

「セイラも食堂にいたよね？」

侍女に確認する。

「いらっしゃいましたが、ご自分のパンは食べきっていらっしゃいました」

「残ったものの保管は？」

「ございません。人数分しかこの食堂で出しておらず、戻ってきたパン籠は空《から》でした」

首を振って侍女が答えた。

「セイラが廊下で齧っているのを見たんだけど」

「別のパンだと思います……トニエス殿下も残されませんでしたから」

侍女が答えた。

（いったい誰が？）

姉の本では、悪役王子が国王を殺めて王位を簒奪しようとしていたと、平民令嬢がトニエス王太子に訴える場面がある。でも、昨日のフォルティスは、王宮の外から戻ってきたばかりで国王の寝室に行くことすら不可能だ。

「クーロウ！　けんけんぱしよう！」

昨日出来なかったからとイーロスがやってくる。

「そうだね」

（この不可解な事件については、あとで考えよう……あと、あのことも）

フォルティスが自分に言いかけたことについても、考えたら気持ちが暗くなりそうだ。

もともと自分はここにいてはいけない存在である。

フォルティスのおかげで読み書きは出来るようになった。以前いた世界の知識を活かせば、なにかで食べていけるかもしれない。

「カルメ焼き屋でもやるか……」

重曹《じゅうそう》と同じ成分のものが厨房にあった。もしこの世界にカルメ焼きがまだないのなら、売れるような気がする。

（そうだ、あとでイーロスに作ってやろう。きっと喜ぶぞ）

一生懸命けんけんぱをするイーロスを見ながら目を細める。この時間があと少しなら、今は精一杯可愛がってあげたい。

（でもやっぱり……）

やっと慣れた世界で、かわいいイーロスと楽しく暮らしていこうとしていたのに、強制終了になってしまうのだ。

この王宮から出て行ったら、九郎は平民として暮らしていくことになる。王族のイーロスには二度と会えないかもしれない。

別れるとなったら辛いだろう。それを思うと悲しくなり、九郎の目に涙が滲んできた。イーロスの元気な姿が涙でぼやけてくる。

「ん？」

だが……。

イーロスの姿が変だと気づく。

「なんだあれ？」

イーロスが着ている園児服に似たスモックのポケットが、変に膨らんでいる。

「ちょっと止まって」

九郎はイーロスの方へ行く。

「どーしてえ？」

上手に出来ていたので、不満顔で足を止めた。

「ここになにを入れてるの？」

ポケットを指して聞く。

「なんにもいれてないよお。あれえ？」

ポケットに手を入れて、出てきたパンにイーロスが驚く。

「まあ、なんでそのパンがそこに！」

乳母が駆けてきた。

「これ昨日の朝食で出たパンだよね？」

「はい。ナッツ入りは子どもに良くないので、こちらは籠に戻して普通のパンに変えていただきました」

幼児がナッツを喉に詰まらせると、肺炎を起こす危険があるという。

（ということは、あのパンは……）

セイラはイーロスたちのあとに食堂へ来ていた。自分に供されたパンは食べきり、籠に残っているのを持って出たとしたら計算が合う。

「このスモックは、洗濯室の外に干してあったものでございます。洗う前にポケットの中は確認しておりました。なぜパンが入っていたのでしょう」

畳まずそのまま持ってきたので、ポケットの中に気づかなかったらしい。

（干している間に入れたのか……）

壊魔鳥の出現によって中庭に人々が集まった隙を突き、国王の寝室にこっそり入り込むのは容易だ。だが、あのパンを手に入れられるのはセイラしかいない。

（パンの一部を国王の喉に詰め、残りを干してあったイーロスの服に入れるのは可能だけど……でも、なんで？）

『悪役王子は国王の喉にパンを詰めて、残りを平民令嬢のポケットに入れたのよ！　彼女に罪を着せて、自分は王位を簒奪しようとしたのよ！』

という場面を姉から聞かされたことがあった。だが、今回フォルティスは王宮の外から戻ってきたばかりで、濡れ衣《ぎぬ》を着せることはできない。

そもそも、国王が亡くなっても、王太子のトニエスを抑えてフォルティスが即位することは不可能だ。

（あ、そうか！）

今朝、フォルティスは貴族の令嬢を妻に迎えるようなことを、九郎に告げようとしていた。セイラがその情報を、トニエス王太子か誰かから聞いていたのかもしれない。

王妃に相応しい妻を娶ったフォルティスに王太子の座が移動したら、セイラは王妃にはなれない。そのうえ、この国では廃太子となった者に公爵位は与えられず、地方の伯爵領に追いやられる決まりだ。

それで焦って王を始末し、フォルティスを悪人に仕立て上げ、トニエス王太子を即位させようとしているのではないか。

「ありえるかも……」

本当の悪役は平民令嬢のセイラなのだ。でも、このままではいずれフォルティスは陥れられ、悪役王子にされてしまうのではないか。

悪役王子の行く末は、牢獄棟に幽閉《ゆうへい》されたのち身分を剥奪《はくだつ》されて、地方へ追いやられるというものだった記憶がある。

（何とかしなくては）


その日の昼食時。

イーロスが乳母や侍女たちと昼食を摂りに食堂へ向かうと、九郎は彼らと別れてフォルティスの書斎に行った。

書庫や書斎を抜けて廊下に出れば、閣議室に入れるからである。

けれども、九郎が寝室を抜けて書斎に入ると、ちょうど反対からフォルティスも書斎に戻ってきていた。

「おまえも昼休憩か？」

「あ、うん……フォルティスに話があって、閣議室に行こうとしていた」

「俺に？　ああ、朝の続きか？」

「そうじゃなくて、あの、王さまの喉にパンを詰めた者がいるって」

九郎の言葉を聞いて、フォルティスは軽く眉間に皺を寄せた。

「おまえの耳にまで届いたか……」

「犯人は、捕まったの？」

「いや、まったくわからない。普段あそこに入れる者は、壊魔鳥のいた中庭に集まっていたからな」

国王の間にいた衛兵も覗きに行ったらしい。

「……セイラさんだけ、いなかったよね？」

九郎が問いかける。

「セイラ？　あの者は兄上と一緒にいなかったか」

「フォルティスのお兄さんは、金属の鎧を着けてあとから中庭に来たけど、あの人はいなかったよ」

首を振って告げる。

「それだけでセイラが犯人だと？」

「王さまの喉に詰められていたパンは、僕たちの食堂だけに出された特殊なパンだったって聞いている」

「それは俺も知っている。だが、人数分消費されていただろう？」

「イーロスには食べさせていないと乳母が言っていた。普通のパンを持って来させて、あのパンは籠に戻したんだって。そしてセイラは、食堂で彼女のパンは食べきっていたはずなのに、長いパンを囓りながら廊下を歩いていくのを、僕は見たんだ」

「セイラがあのパンを父上に？　まさか……」

「それだけじゃない。セイラは洗濯室に干してあったイーロスのスモックに、パンの残りを隠した可能性がある」

「なぜそのようなことをする必要があるんだ？」

「王さまを殺そうとしたのが、フォルティスの周りにいる誰かにしたかったんだよ。フォルティスが外出していても、僕や使用人の誰かが命じられて実行したと思わせられるからね」

だが、ほとんどの者たちが中庭に集結してしまい、国王が息を吹き返したこともあり、セイラの目論見《もくろみ》は失敗したのだ。

「いくら平民令嬢で兄上の妃になりたいとはいえ、そんな非道なことはしないだろう。そもそも証拠がない」

首を振ってフォルティスは取り合わない。

「証拠も目撃者もいないけれど、あのパンを手に入れて、洗濯室や使用人が使う通路で王さまの寝室に行けるのは、彼女しかいないんだ」

「考えすぎだ。少し我が儘なところはあるが、そんな大それたことをしでかすような人物ではない。兄上が守ってやらなければ、ここでは生きていけないほど弱い娘だ」

「弱くなんかないよ。フォルティスも皆も騙されているんだ」

九郎は反論する。

「なぜそこまでセイラを悪く言う？」

怪訝《けげん》な表情で質問された。

「悪人だからだよ。王太子妃になるために、弱いフリをしているだけなんだ」

「もしそうでも、好きにさせておけ。そんなものに構っている暇はない」

真剣に取り合ってもらえない。

「ダメだよ！　放置していたら、フォルティスが悪役にされてしまう」

更に食い下がる。

「俺は悪評など気にしないよ」

安心しろと笑顔を返された。通常なら美麗な笑顔にときめいてしまうが、今はそれどころではない。

「悪評だけじゃない。悪人にされて、罪人にされて、ひどい目に遭わされる」

「なぜそう言い切れる」

「僕のいた世界に、ここととよく似た物語があった。でもそれは、君が悪役で、トニエスやセイラは虐《いじ》められる役だった……」

「架空の話だろう？」

「でもここでは、あの話と同じことがいくつも起きている。このままだとフォルティスは、悪役王子と同じ道を辿って大変なことになるんだ」

「大変なことねえ……」

　フォルティスは九郎の話を半信半疑という感じで聞いている。

「本当なんだ。真面目に聞いてくれよ」

　必死になって訴えた。

「そう言われてもなあ」

「どうしたら信じてくれる？」

「おまえこそ、なんでそこまで俺に信じさせたいんだ？」

　腕を組んで問い返される。

「それは……。僕が、フォルティスを……す、好きだからだよ！」

　思い切って言ってしまった。

「俺を？　どんなふうに？」

「どんなって……不幸にしたくないくらいだよ」

「まあ、不幸になりたくはないが。そんなの誰でもそうだろう？」

一般的過ぎて理由にならないと一蹴される。

「それじゃあ、ぼ、僕と一緒に幸せになってほしいからだよ！」

これならどうだと、フォルティスを見上げた。

「おまえと一緒に？　ほう……具体的には？」

更に突っ込まれる。

「え？　えっと……」

そこまで考えていなかった九郎は、言葉に詰まってうつむく。

「おまえは俺を、どういうふうに幸せにしてくれるんだ？」

顔を覗き込まれる。

「僕にできることで、フォルティスが幸せになれるなら、何でもするよ」

「何でも？」

「もしそれが……妻を娶るからここから出ていけということでも……快く承諾する」

九郎は唇を噛みしめてうつむいた。

「……おまえ……」

フォルティスが目を見開いて九郎を見つめる。

午後。

闇議場でフォルティスがパンの件を告げると、宰相以下ほとんどの大臣たちは、笑って首を振った。

「あんなか弱い娘が陛下を手にかけるなんて、ちょっと考えられませんな」

ほとんどの者はそういう反応である。

「セイラがそんな恐ろしいことをするわけないだろう?」

そして、王太子のトニエスは、あからさまに不快感を露わにした。

「俺も、報告書を見て信じられなかったのだが……」

フォルティスが手元の書類を掲げた。

「いったいどこからの報告書なんだ。平民のセイラを陥《おとしい》れようと、ねつ造したものではないのか?」

ねつ造という言葉に、闇議場はざわつく。

「ありえないことではないですな」

老大臣がうなずいた。

「でも誰がそのようなことをするのです？」

宰相が問いかける。

「たとえば、ご自分の娘を王妃にしたい方とか？」

建設大臣が宰相を見た。

「わたくしはそのようなこと、とんでもない」

大きく首を振る。

「ただもし、平民令嬢が殿下と共謀《きょうぼう》したのであれば、お二人とも失脚《しっきゃく》ですな」

老大臣が小声でつぶやく。

「私がそんなことをするはずがないだろう！　セイラとは結婚したいが、父上を亡き者にするなどありえない！　濡れ衣だ！」

トニエスが激怒した。

「もし殿下が失脚したとなれば、次の王太子は……」

皆がフォルティスに目を向ける。

「なんだそれは！　不愉快だ！」

立ち上がったトニエスは、憤慨しながら閣議場から出ていった。

「ということでこの件は、これ以上ここで議論してもしょうがない。次の議題に移ろう」

フォルティスの言葉で、残った者たちは政務の処理にかかる。

(物語と進行は同じだ……)

控え室で覗いていた九郎は心の中でうなずく。

悪役王子が国王殺害の疑いを平民令嬢にかけ、トニエスは怒って出ていった。姉もこの場面を読んでいて、平民令嬢を陥れようとしていると憤慨しながら訴えている。

(そしてこのあと……)

悪役王子は平民令嬢を襲って、王太子が助けに来るのだ。

「俺はセイラを襲ったりしないぞ」

九郎が話した内容に、フォルティスはありえないと首を振る。

「僕もそう思うけれど、君がセイラを書斎に呼びつけているんだ」

「閣議室で大臣たちと政務を処理したあとは、書斎で他の仕事をするのが日課だが、セイラを呼びつけることはない」

昼食時には、フォルティスは九郎にそう返した。

けれども、午後にフォルティスが書斎に戻ってすぐ、セイラが廊下を歩いているのを九郎は目撃する。

（あの話とちょうど同じ時間だ）

廊下に並んでいる歴代国王の彫像の陰に隠れて、衛兵と一緒に九郎はセイラの様子をうかがった。

セイラはあたりを見回し、廊下に誰もいないことを確認しながら歩いている。そして書斎の前で立ち止まると、頭に手を置いてなにかしていた。それから、書斎の扉をノックしている。

「なんだ？」

扉を開けたフォルティスが怪訝そうに応対すると……。

「キャアァァァ！　た、助けて！　イヤアァァァ！」

大声で叫びながらフォルティスを押して書斎の中に入り込んだ。

九郎は一緒にいた衛兵と書斎に急ぐ。開け放たれた扉の向こうに、フォルティスが驚いた表情で立っていた。そして彼の足下には、セイラが倒れている。セイラの髪はぐしゃぐしゃで、ドレスの胸元が乱れていた。

いかにも襲われたという風情だ。

「た、助けて！　フォルティスさまがわたくしを！」

はだけた胸を押さえてセイラが衛兵に訴える。

「俺は何もしていないぞ？」

フォルティスが首を振る。

「わたくし、嘘などついていません！　へ、平民だからって、こんな辱《はずかし》めを受けさせられるなんて……わあぁぁ」

セイラは書斎の床で泣き崩れた。

「なんて下手くそな芝居だ……」

フォルティスが見下ろす。

「扉を開けて一秒ですな。どんなに手の早い者でも無理じゃ」

老大臣が書斎の奥から現れた。

「茶番にもならない芝居ですね」

老大臣の横にいた宰相がつぶやく。

「な、なんであなたたちが……」

がばっと起き上がったセイラは、書斎の中にいる老大臣と宰相を睨む。

「おまえが俺に襲われた芝居をして、俺を陥れようとするだろうと予測した者がいるんだよ。まさかと思ったが、宰相たちに一応来てもらっていた」

「くっ……」

笑いながら説明するフォルティスを、セイラは悔しげに見上げている。

そこへ、廊下側からトニエス王太子がやってきた。

「何をしているんだ……」

床に手をついて倒れているセイラを見て顔をしかめる。

「トニエスさま！　わ、わたくし、ここで襲われておりました」

涙を流しながら訴えた。

「わしら何もしておらんぞ」

老大臣が慌てて言う。

このことは、トニエス王太子に報《しら》せていなかった。事情を知らない者が見れば、平民令嬢を王族と貴族の男たちが襲っているようにしか見えない。

「セイラが俺を陥れるために、ここで襲われたと芝居をしているのを、宰相たちと暴いていたところだ」

フォルティスが説明する。

「違います！　殿下、わたくし、この方たちに、平民なんだから言うことを聞けと、それでこんな姿に」

はだけさせられたのだと胸元を見せた。

セイラの演技が下手だとしても、乱れた服装で床に倒れていて、権力のある三人の男に囲まれていたら、そちらを信じてしまうだろう。

これではフォルティスたちが悪者にされてしまう。

（ああまずい……）

けれども……。

トニエスは怒らず、無表情でセイラを見下ろしていた。

「父上は……昨日意識は戻ったけれど声が出せず、話をする状態ではなかった。だが、先ほど私が行くと起き上がっていて……パンを口に詰めたのはセイラだ……と、私の手のひらに指で描いたんだ」

うつむいて告げると、顔を歪ませている。

「なんと！　やはりこの娘が！」

老大臣が声を上げた瞬間。

どんっ！　と、書斎の入口にいたトニエス王太子を突き飛ばし、セイラが廊下に走り出た。

起き上がるのも走るのも、貴族の令嬢だったら考えられない速さと力強さである。

「うわっ！」

突き飛ばされたトニエスは後ろにいた衛兵に背中をぶつけ、反動で戻ってきてしまう。

そこに、追いかけようとしたフォルティスとぶつかった。

「おっと！」

トニエスとフォルティスと衛兵が、入口を塞ぐ形になる。

「ああ……逃げられちゃった」

九郎も衛兵の横にいたために、進路が妨げられた。

「まったく、とんでもない娘じゃったな」

老大臣が書斎から出てくる。

「陛下に手をかけるとは……必ず王宮内で捕まえさせましょう」

宰相が近衛隊長を呼ぶよう衛兵に命じた。

「フォルティス。この事態はすべて私の責任だ。私には王太子の資格はない。廃太子《はいたいし》として、ここから出ていくよ」

トニエスが肩を落として告げる。

(え？　じゃあフォルティスが王太子に？)

姉の本は、セイラが襲われるところまでしか発売されていない。このあとの展開を知らないが、トニエス王太子は平民令嬢のセイラと結婚し、国王に即位する流れのはずだ。

だがここでは、あの物語とは真逆のことが起きている。

8

フォルティスが寝室に入ってきたのは、深夜に近かった。

九郎がねぼけ眼を擦りながら起き上がると、寝ているイーロスを乳母に渡しているのが見える。

「セイラは見つかった？」

天蓋の中に入ってきたフォルティスに問いかけた。

逃げたままセイラは捕まっていない。

「まだだ。王宮内にいるのはわかっている。明朝から一斉捜索すれば捕まえられるだろう」

「捕まったらセイラはどうなるの？　し、死刑とか？」

「父王が亡くなっていればそうだが、今のところは投獄だな。欲をかかずに兄の愛妾《あいしょう》ぐらいで我慢しておけば良かったんだ」

バカな娘だと呆れている。

「王妃になりたかったんだね」

平民から王妃というシンデレラストーリーは、どこの世界でも女性が憧れるのだろう。

「それより、大事な話の続きがあったよな」

フォルティスが真剣な表情で問いかけてきた。

「大事？　あ、そういえばそうだったね……。フォルティスが結婚するのなら、僕はここから出ていくよ」

わかっているとうなずく。

「ああ、理解してくれていたのなら、話は早い」

ほっとした顔を向けられる。

「いつ、誰と結婚するの？」

もしかしてすぐに出ていかなくてはならないのかもしれないと思いながら訊ねる。

「いま、おまえとだが？」

「はい？」

何を言っているんだという顔で問い返す。

「質問したいのはこっちだ。理解してくれたんだろ？」

「ま、ま、待って、話がわからない。王太子になるために、フォルティスは貴族の令嬢と結婚するから、僕は不要になるってことではないの？」

「はあ？」

今度はフォルティスが九郎と同じ表情になった。

「だから、ここから出ていって欲しいんでしょ？」

「出ていったら、おまえは俺を幸せにできないじゃないか。するってさっき言ったのは嘘か？」

むっとして返される。

「嘘じゃない。フォルティスには幸せになってほしい」

「おまえを妻にすれば幸せになれるだろう？」

「僕は、貴族の令嬢じゃないし、お、男だよ？」

冗談はやめてくれという目で見返す。

「この国のシステムの勉強をしていたはずだが、王族の結婚については、まだわかっていなかったのか？」

「平民令嬢では王妃になれないことしか、結婚については知らないよ」

さほど興味がなかったので、調べていなかった。

「王位継承順位を持つ者がその地位を放棄する場合、生涯未婚または同性同士との結婚が推奨《すいしょう》されるんだよ」

「な、なんで？」

理解できずに質問する。

「王位の簒奪を企てたり、将来後継ぎ問題で争いを起こさないためだ。兄上がセイラとどうしても結婚したいのなら、俺はおまえを妻にして継承権を放棄しようと思った。そうすれば、父上に万が一なにかあっても、兄上を即位させるしかなくなるからな」

平民どころか男の妻を持つ者を王にはできないということである。

「それで……僕を利用しようと思ったの？」

「利用ではない。別に結婚しなければいいだけの話だ。ただ、おまえと一緒にいるには、妻にするのが一番いいと考えた」

そうすれば、九郎にも地位や身分を与えられるという。

「僕のために？　でも、今回のことでトニエスが廃太子になるのだから、フォルティスが貴族の令嬢を娶って王太子にならなくてはいけないんじゃ？」

九郎と結婚して継承権を放棄するなんてできないはずだ。

「俺は王太子にはならない。なるのはイーロスだ」

「あの子はまだ子どもだよ？　それになぜフォルティスの息子が王太子になるの？」

　順序がおかしい。

「イーロスは俺の息子じゃないぞ」

「え？　でも以前はイーロスの母親とフォルティスは結婚していて、それであの子は生まれたんだよね？」

「違う！　イーロスの母親は俺の兄嫁だ」

「兄って、トニエスに妻がいたの？」

　あのキラキラ王子が独身ではなく男やもめだったことに驚く。

「それも違う。トニエスの上にいた兄の妻だよ。もともとは、長兄のテオールが王太子だった。流行り病で二人とも急死してしまい、トニエスが昨年王太子に繰り上がったんだ」

「でも、フォルティスはセイラに、心に決めたひとがいるって言ってたよね？」

「ああ、おまえのことだよ」

　即座に答えられる。

「僕？　な、なんで？」

　出会ってすぐから親切にしてもらっていたが、そこまで想われていたとは感じていなかった。

「……おまえと森で会った当初は、小動物みたいでかわいいと思う程度だったが、一緒にいて努力家な面や素直な性格が好ましいと感じた。その上、ベッドなどで触れているとなんともいえない幸せを感じてね。結婚するならおまえとだと心に決めていたんだ」

だからセイラにそう言ったのだという。

「でも、僕は王宮から出て行くことになるんだよね？」

「そうだよ。イーロスを俺たちが養育しなくてもよくなったら、王宮から出て地方の領地でのんびり二人で暮らすつもりだ。おまえもそれを承諾してくれたのだと思ったのだが、違っていたのか？」

九郎ひとりが追い出されるのではなく、フォルティスと二人で出ていくということだったのだ。

「僕……夢を見ているのかな……」

フォルティスから顔を逸らす。

「なぜだ？」

「だって……素敵だなって思っていたけど、僕もフォルティスも男だから……あこがれというか、僕の片想いで終わるんだろうって思っていて……っ！」

話の途中で腕を引っ張られる。

「わ……っ」

バランスを崩してベッドに仰向けになった九郎の上に、フォルティスが覆い被さってきた。

「おまえ、言葉を発しただけで俺を幸せにするとは、すごいな」

「え……」

「もうどんなに嫌がっても、絶対に俺の妻にする！」

がばっと抱きつかれる。

「別に、嫌がっては……え？　あ、ひゃっ！」

首筋に口づけられ、驚いて声を上げた。

「イーロスはいないから、好きなだけ声をだしていいぞ」

「そういう……ことでは……っ！」

「ではどういうことなんだ？」

美しい顔に笑みを乗せて詰め寄られる。

「いろいろ、手順とか……あるよね？」

「お前の世界の手順？」

教えてくれと言われて言葉に詰まる。

（そもそも……僕だって、経験ないし……）

わからないと言おうとしたが、ふと、姉が読んでいた他の本のことを思い出す。確か王子さまとのキスでは終わらず、その先までしっかり書かれていたやつだ。

（あれには、フォルティスみたいな王子さまに見初められた相手がこういう豪華な部屋のベッドで……）

「ま、まずは……愛の告白とか、キスからかな」

言った途端に、美麗な顔が急接近してきた。

「愛している、クロウ」

低い声で告げられる。

「う、うん……僕も」

耳まで赤くなって返した。自分で要求したのに、めちゃくちゃ恥ずかしい。赤くなってもじもじしていると、形のいいフォルティスの唇が九郎の唇に重ねられた。

九郎の鼓動が跳ね上がる。

（うわ！　キ、キスしてる……フォルティスと！）

それだけで頭がクラクラするのに……。

「んん……」

舌で唇と歯列をなぞられる。

くすぐったさと驚きで開いた九郎の口腔に、フォルティスの肉厚で長い舌が侵入してきた。

「ん、ふぅ……っ」

九郎の舌が搦《から》めとられる。深くて濃い口づけは、ものすごく淫らだ。息苦しさもあって、ドキドキが頭の中で鳴り響く。

しばらくフォルティスのなすがままにされてしまう。

「ああ、美味《うま》い唇だな」

唇を離すと、笑みを浮かべたままフォルティスは九郎の上衣を捲り上げた。

「なにを？」

「キスをするんだろう？」

九郎の上衣を脱がすと、ふたたび首筋に唇を付けられた。

「ひゃ、う……」

くすぐったさに声が出る。

「おまえの肌は舐め甲斐《がい》がある」

口づけたあとを舐められて、ビクビクっとした。

「はぁ……そんなふうに……舐めては……」

くすぐったくて堪らないと、身体を捩る。

「ああ、キスをするんだったな」

鎖骨から胸へと舐め下りていたフォルティスは、九郎の乳首を唇で覆った。ちゅっという音とともに敏感な突起を吸われる。

「ひ……あぁっ！」

淫らな刺激が与えられ、背中を反らした。

「ほう。すぐに硬くなった。感じやすいんだな」

嬉しそうに舌先で乳首をなぞっている。

「ふ、う、だって……そんなふうに、するから」

「特別なことはしていないよ。ほら」

反対側の乳首を摘ままれた。快感がじいんっと湧きおこる。

「軽く弄《いじ》っただけで、もう勃起しているだろう?」

指の腹で捩られ、淫らな刺激に九郎の身体はあられもなく反応していた。

「や……っ、恥ずかしい……よ」

赤くなって首を振る。

「でも、こうしてキスをするのが、おまえの世界の作法なのだろう?」

乳首を堪能したあと、フォルティスは九郎の肌のあちこちに口づけていく。

「ひゃっ、あ、も、もう、いい。そこまでで」

恥ずかしさとくすぐったさに苛まれながら訴える。

「もう少し堪能したかったが、まあいい」

九郎の肌から唇を離した。

だが、ほっとしている間もなく、フォルティスから下衣に手をかけられる。上半身の肌に口づけられている間に、下衣の紐がいつのまにかほどかれていた。

「あ、ちょっと……」

待ってという間もなく、下衣が脱がされる。

九郎のモノはすでに勃ちあがり始めていた。

「薬の副作用じゃなく、ここを触らずに反応しているのは、初めて見る」

まじまじと見つめられる。

「み、見るな……恥ずかしいよ」

手で隠そうとしたが、腕に上衣が絡まっていた。

「ああわかっている。それにしても、相変わらずかわいらしいな」

フォルティスが九郎の股間に顔を近づけていく。

「な、なにを？」

「キスからだろ？」

笑みを浮かべて答えると、半勃ち状態のそこに口づけた。軽く吸いながら唇が移動していき、淫らな刺激が竿全体にもたらされる。

「はふぅ……んっ」

堪らず九郎は声を発して悶えた。

「うん、いい具合に勃ってきた。さて次は……」

しっかり勃起した亀頭部分に、フォルティスの唇が当てられた。

「あ、ああっ、そこにしたら……だ、だめ、感じるっ」

ちゅっちゅっちゅっと刺激的な口づけをされて、九郎は声を上げる。

「も、もう、キスはいいから……」

とんでもないところに口づけられ、困惑しながら告げる。

「いい感じに勃ってきたから、これからじっくり味わおうと思っていたんだが……」

残念そうにつぶやくと、ふたたび九郎の顔に顔を寄せた。

「次はどうするんだ？」

九郎の世界の手順を教えてくれといわれる。

「えっと……も、もう、わからない……知らない」

何を言ってもとんでもないことをされてしまいそうなので、ここからは知らないと誤魔化した。

「そうか。それならここからは、俺の国の作法でいいかな？」

「い……いいよ……」

何をされるのかわからないが、作法があるならそれに従えば間違いないだろう。

（でも……）

「ほ、本当に……これが、作法なの？」

九郎は困惑しながらフォルティスに質問した。

「そうだよ。王族との婚礼の儀式では、妻になる方がこうするんだ」

嬉しそうなフォルティスの声。

九郎はベッドの上にうつ伏せとなり、腰だけ高く上げさせられていた。全裸なので、後方にいるフォルティスに恥ずかしい部分が丸見えである。

「ああ、かわいらしい姿だ」

九郎の尻を大きな手で撫で回す。

「……っ！」

撫でていたフォルティスの指先が、九郎の足の間に滑り込んだ。

「あ、なに？」

ぬるりとしたものを後孔に感じて、焦って問いかける。

「我が王家に伝わる秘薬だ。おまえ初めてだろう？」

「……うん……」

「これを塗ると、痛むことなく広がる。男女ともに、初夜では必ず使われるんだ」

言いながら、九郎の後孔をなぞるように塗り始めた。

（ああ……やっぱり……）

妻となるには、そういうことをするのは知っていたし、覚悟もしていたが……。実際そういう場面に遭遇すると、緊張する。

だけど、不思議なことに、嫌悪感はなかった。フォルティスの妻になり、彼がそれで幸せになるのなら、受け入れようと思う。

など と、殊勝《しゅしょう》なことを考えていられたのは初めだけで……。

「う……な、なに……あぁっ」

薬を塗った指が挿入されると、淫靡な感覚が湧き起こった。後孔を広げられる違和感に加えて、彼の指が当たる場所で熱が発生する。

「これに媚薬作用はないんだが、このあたりで中が締まるな」

「そこ、お、押さないで」

ビクビクしてしまうと九郎は首を振る。

「そうだな。整っているみたいだから、いくぞ」

指ではないものが九郎の後孔《こうこう》に当てられた。

(整う？　あ……っ！)

それが何か理解すると同時に、孔の襞《ひだ》が開かれる。フォルティスの竿先であることは、太さと熱さでわかった。

傷薬を塗られて一緒に扱かれた時に見た、太くて長いあれが、九郎の狭隘《きょうあい》に挿入《はい》ろうとしている。

(む、無理だよ)

訴えようとしたけれど……。

「あああっ！」

奥に進んでくる熱棒に、九郎の中がかあっと熱くなった。

「まだ挿れはじめだというのに、反応がすごいな……」

苦笑交じりの声がする。

「だ、だって……中が熱くて……、なんで？」

違和感と圧迫感もあるけれど、官能的な熱の方がずっと強い。

「相性がいいと熱くなるが、めったにないと言われている。異世界からきたおまえとこうなるとは……俺も驚いた」

ぐっと奥まで腰を挿れられる。

「……ん、あぁっ、奥が……灼《や》ける……」

「ああ、いい熱だ」

フォルティスが九郎の腰を両手で掴み、最奥を狙って断続的に突いてくる。大波のような快感の熱が、全身に伝わってきた。

しばらく後ろからフォルティスに攻められていたのだが、彼の腰使いが止まる。

腹部にフォルティスの手が移動し、ぐっと身体を持ち上げられた。

「は、ひっ！」

彼のモノが突き挿さった状態で起こされ、フォルティスに背を向けて腿の上に座らされた。ぐうっと奥が突き上げられる。

「う……」

奥の熱源《ねつげん》を刺激された。

「おまえのここ、はち切れそうになっている」

九郎の前に回した手で、フォルティスに竿を握られる。

「んっ、だめ、触ったら……で、出ちゃう」

「出していいぞ」

今度は下から腰を突き上げられた。

「いっ、はぁっ、す、すごい、当た……る……」

最奥にある感じる場所に、フォルティスの硬い竿先が容赦なく当てられている。もたらされる快感は強烈で、官能の頂点が急激に迫ってきた。

「あ、も……う」

振り向いて、達きそうだと訴える。

「俺のことを、愛してるか？」

官能に震える九郎に問いかけた。

「う、うん。フォル……を、愛している」

「これからも、ずっと？」

「……くっ、う、うんっ」

返事と同時に、官能の頂点を越してしまった。

フォルティスに握られた九郎の竿先から、熱い精が飛び出している。

「おまえ、かわいすぎる！」

強く突き上げたフォルティスが、九郎の中に熱を放出した。

「……っ！」

彼の熱によって後孔の中が灼け、頭の中が真っ赤に染まるほどの快感に襲われる。

フォルティスが残滓を射精《だ》し終えるまで、九郎は彼の上でガクガクと痙攣《けいれん》した。未経験の快感に意識が遠くなりかける。

「これから毎日おまえを味わえるなんて、確かに幸せだな」

ぐったりとした九郎の身体を抱き締め、フォルティスが満足そうに囁く。

（毎日……はちょっと……）

強すぎる絶頂にもうろうとしながら思う。

けれど、フォルティスと抱き合ってひとつになった。彼の妻になれたことに、九郎は深い喜びと大きな満足感を得られたのである。

9

朝の光の中で目覚めた。

九郎の身体はフォルティスの逞しい腕の中にある。見上げるとすぐそこに美しい男の寝顔。静かな寝息と、遠くから聞こえる鳥の声。

いつもと同じ風景だけど、いつもと違う。

「起きたのか？」

身じろぎした途端に、低い声で問いかけられる。

「うん……」

フォルティスの胸に額をつけて、彼の背中に手を回す。これまで、こんなふうに彼に抱きついたことはない。

「落ち着いたら結婚式をしよう」

ぎゅうっと抱き返される。

「男同士で結婚式するの？」

九郎の世界では、もはや同性の結婚式は珍しいことではない。でもここは異世界で、そういう風習があるとは思っていなかった。

「平民はほとんどやらないが、王族や貴族はするよ。結婚したことを内外に告知するいい機会になるからね」

同性と結婚したことにより、家督《かとく》相続の争いから抜けたのだと知らしめ、政争の火種にされないようにするという。

「そうなんだ」

「まあ、しばらく落ち着かないとは思う。父上が回復するまで時間がかかりそうだし、イーロスが七歳になるまでは俺が暫定的な王太子だ。暫定とはいえ立太子の儀式をしなくてはならないし、国内の制度の見直しなども必要だ」

「見直し？」

「今回父王に代わって政務を行ってきたけれど、無駄なものと足りない制度がいくつか出てきた。イーロスに位を譲るまでに整えておいてやりたい」

「僕で役に立つことがあれば手伝うよ」

「それは助かるな。王族文字は書けるようになったのか」

「大体できるようになった。書庫の本も読める。あとは発音をマスターするだけかな」

そうしたら翻訳ピンも必要なくなり、本当にこの世界の人間だ。

「んっ？」

フォルティスが何かに気づいたような顔をした。

「どうしたの？」

「音が聞こえた」

九郎を抱く腕を緩め、身体を起こしている。

「僕は何も聞こえなかったけど……」

同じく起き上がった。

「た、たいへんです！」

侍女の声とともに、寝室の扉が叩かれる。

「何があった？」

ベッドから飛び出たフォルティスは、すばやくガウンを羽織った。

「イーロスさまが攫われました！」

扉を開けた侍女が叫ぶ。

「なんだと？」

フォルティスが大股で侍女のほうへ行く。九郎も脱ぎ捨ててあった文官の服を着た。

「乳母と寝てらしたところに、セイラさんが入ってきて、無理やり奪っていかれました」

「セイラに誘拐されたのか？」

「そんな！」


「馬車を用意するのよ！」

本庭のテラスでイーロスを抱えたセイラが叫んでいた。

「ふえぇぇ……」

イーロスは泣いている。

何が起きたのかわからないが、恐ろしいことなのは理解しているのだろう。

「早く！　さもないとこの子をここから落とすわよ！」

テラスの手すりの上までイーロスを抱き上げると、そこに座らせた。

「びえぇぇぇ」

さらに大きな泣き声が響く。

「やめろ！」

九郎が叫んだ。

テラスは一階にあるけれど、手すりの向こうは崖である。この王宮は小高い丘の上に建っているので、落ちたら確実に命はない。

「あらガリ勉の外国人じゃない。あんたが代わりにここから飛び降りるなら、この子を放してあげてもいいわよ」

「僕が？」

「嘘に決まっている。信用するな」

フォルティスが制止した。シャツと下衣とブーツという簡単な服装だが、腰にはしっかり剣を携えている。

「でもこのままじゃ……」

「とりあえず馬車を用意しよう。イーロスの安全が第一だ」

フォルティスはやってきた宰相に命じた。

「かしこまりました。王族用の馬車と馬をここに来させます」

宰相は承諾すると衛兵を呼びつける。

「早くしなさいよ。こんな王宮、さっさと出たいんだから」

セイラが笑いながら言った。

「やめろ！　セイラ！　なんでそんなことをするんだ！」

トニエスがやってきてセイラに叫んだ。

「あら、役立たずが来たわ」

「なんだと？」

フォルティスの横に立ったトニエスは、セイラの言葉に凍りつく。

「あなたがさっさと国王になってわたしを王妃にしないから、こんなことになったのよ。でももういいわ。王妃なんて面倒。文字とか覚えるのも嫌だし」

セイラは胸元をちらりと見せつけた。

「あれは亡くなられた王妃さまの首飾りだわ！」

侍女が声を上げる。

「あのブローチは亡き王太子妃さまのです」

乳母もセイラを指して告げた。

「これっぽっちしか手に入らなかったけど、まあいいわ。ああ、馬車には金貨も乗せるのよ。この子と同じ重さのね」

「なんという強欲さじゃ」

宰相のあとに遅れて到着した老大臣が目を剥いている。

「いいから金貨も用意しろ。イーロスの様子がおかしい」

急いで解決しなくては危険だとフォルティスが言う。

「本当だ。頭がグラグラしている」

恐すぎてひきつけを起こしている可能性がある。もし今セイラが手を放したら、手すりに座らされているイーロスは後ろに倒れて落ちてしまいそうだ。

「ものわかりがいいじゃない」

セイラが高笑いをした。

「このまま見逃すの？」

フォルティスに九郎が訊ねる。

「馬車を動かすには御者《ぎょしゃ》が必要だ。俺の部下に担当させるから行き先はわかる。隙を見てイーロスを奪還《だっかん》するよ」

小声で九郎に説明してくれた。

本庭のテラスに馬車がやってくる。外枠が黄金で飾られている艶やかな臙脂《えんじ》色で、王家の金の紋章が扉に施されていた。

「これが……金貨じゃ」

財務大臣である老人が、金貨の袋を持って馬車によたよたと歩いて行く。子どもひとり分の重さがあるので、老人には大変なのだろう。

あと少しで馬車に着くところまで来たが、そこで老人の足が止まった。

皺だらけの顔にある目が大きく見開かれている。

「なにをぐずぐずしているのよ」

セイラの怒声が飛ぶ。

「あわ……わわわ」

馬車とセイラたちの間を指し、恐怖におののいている。

「あれはっ！」

真っ黒い点がこちらに向かっていた。

「壊魔鳥だ！」

その場にいた侍女や使用人たちが一斉に逃げ、入れ替わりに衛兵や騎馬隊が前に出る。

壊魔鳥は猛スピードでセイラたちに向かっていた。先日フォルティスに片目を潰されているためなのか、左右に揺れている。

「きゃあっ！」

セイラの頭に向かって毒爪の足が襲いかかった。とっさに屈んだので、髪が一房切られただけで済む。

けれども、セイラの手が離れたイーロスの身体は後ろに倒れていく。

「イーロス！」

フォルティスがすばやく駆け寄るが、あっという間にイーロスの姿は手すりから消えてしまった。

「うわあああ！」

九郎も叫んで手すりに駆けていく。あそこから落ちたら、体重の軽いイーロスでも命はない。

悲壮な表情で手すりから下を見た。

「イーロス？」

小さな身体が見当たらない。崖は草が所々生えている程度の岩場なので、見通しはいいはずなのに。

「あそこだ！」

フォルティスが前方を指す。

壊魔鳥が飛び去っていく。その足にはイーロスをぶら下げていた。落下したイーロスを空中で捕まえたらしい。

「どこへ飛んでいくんだ？」

壊魔鳥とイーロスが小さくなっていく。

「王宮の裏手にある森に向かっている。森の中でイーロスを食べるつもりなのかもしれない」

フォルティスは馬車に繋いでいた紐を外し、馬に跨がった。

正門に向かって馬を走らせている。

「僕も追いかけたいのに、馬に乗れない……」

フォルティスを見送りながらつぶやく。

「あちらから、裏手の森に行けますよ」

侍女が九郎に耳打ちする。本庭の向こうに非常用の階段があるそうだ。

（あの階段は……）

九郎がイーロスと森で出会った際に、彼が王宮の庭から外に出てしまった階段だ。王宮の正門から出る馬車道は、ぐるりと大回りをしなければならないが、あそこなら一直線で下りられる。

もちろん馬で馬車道を行くほうがずっと速いが、そこから下りれば追いつけるかもしれない。

「ありがとう」

九郎は急いで階段に向かった。

王宮の崖を下り、草むらを走る。

（あっ！）

前方をセイラが走っていた。どさくさに紛れて逃げていたのである。小脇には、老大臣が持ってきていた金貨の袋を抱えていた。

「なんてちゃっかりしているんだ！」

平民から王妃に成り上がろうとするには、あのぐらいの図太さが必要なのだろう。だが、子どもの重さがある袋を持って速くは走れまい。同じく、イーロスを掴んだままの壊魔鳥も、低空飛行でゆっくりとしか進んでいなかった。

すでにフォルティスが追いつこうとしている。馬上で何か長いものを持っていた。

「ロープ?」

イーロスがいるから矢を放つわけにはいかない。ロープを投げて搦め取る作戦だと推測する。

フォルティスが空に放ったロープが、予想どおり壊魔鳥に巻き付いた。羽ばたきが制限され、イーロスを掴んでいた足が開く。

「落ちてくる！」

爪に引っかかっていたスモックが破れ、小さな身体が落下した。もちろん、真下にはフォルティスがいる。馬上でしっかりとキャッチしているのが見えた。

「やった！」

九郎は走りながらガッツポーズをする。

「次は僕の番だ」

目の前を走るセイラに追いつく。

「待て！　逃げるな！　金貨を返して罪を償《つぐな》え！」

九郎は叫んだ。大事なイーロスを危険な目に遭わせたセイラを許すわけにはいかない。

きちんと断罪されるべきである。

「うるさいガリ勉野郎！」

セイラは口汚く罵ると、持っていた金貨の袋を九郎に向けて振り回した。

「うわっ！」

背中を反らして袋を避けようとしたが、先端が九郎の側頭部を直撃する。強烈な痛みとシャラララッという音が聞こえた。

「○▲□×！」

不明瞭なセイラの声がする。耳を押さえた九郎の目に、金貨が足下に散らばっているのが見えた。袋が破れたらしい。

「○▲□×！　○▲□×！」

フォルティスの声がする。何を言っているのかわからないのは、耳の後ろの翻訳ピンが抜けたからだ。

「あ、あった」

草の中に落ちているのを拾っていると、セイラが走り去っていくのが見えた。

「逃げ足が速いなあ……痛てて」

顔を歪ませながらも翻訳ピンを刺そうとしたとき……。

「せんぱーい！」

草原にぽっかりと長四角の空間ができていて、扉と研究室の中が見える。中に見知った後輩と三条が立っていた。

「なんで？」

「ああ、やっとおまえのいるところに繋がった。仁村が地球上ではありえない数値のところに飛ばしてしまったと、焦って俺んとこに駆けこんで来たんだよ。すげえ捜したぞ」

「三条たち、何日も僕を捜してくれたんだ」

「いや、三時間ほどだけど」

三条が首を振る。

「俺まだ昼飯食ってないんすよ」

仁村が口を尖らせた。

「僕はここに三週間ぐらいいるんだけど？」

「ふーん。そこと俺たちの世界は時間軸にブレがあるようだな。とにかく戻って来いよ。って、後ろにいる男は誰だ？　俳優か？」

三条が怪訝な顔でこっちを見ている。騎士服を纏ったフォルティスのことらしい。

「違うよ。ここは異世界で、彼は王子なんだ」

九郎が答えた。

「は？」

「先輩何を言ってんすか？」

二人が怪訝な表情で九郎を見る。頭が変になったと思っているらしい。

「僕の姉が読んでいた『悪役王子が王太子と平民令嬢から王位を簒奪しようとしています』って本の世界だよ。二人とも僕の家で姉貴の音読を何度か聞かされただろ？」

「そこがその異世界だというのか？」

三条から問われる。

「そうだよ。登場人物はほぼ一致している。話も、あの本に沿っている部分が多い……信じてはもらえないかもしれないけど……」

もし九郎が三条たちの立場なら、きっと信じないと思いながら答えた。

「なるほどね……それで扉が開いている先の空間軸が、異常な数値となって表示されてしまったわけだ」

「そうなんすか？」

仁村が三条に顔を向けた。

「この扉は立体的な座標を用いて、数値化した移動先と接続する。市川が移動した先の座標は、ありえない数値が表示されていた。故障やプログラムミスは見当たらなかったから困っていたんだ。まさか異世界とはね……」

三条が納得の表情でうなずく、

「信じてもらえてよかった……」

ほっとしていると、九郎の背後から声がした。

「○▲□×？　○▲□×○▲□×？」

振り向いた九郎に、馬から下りてきたフォルティスが何か言っていた。九郎は急いでピンを耳の後ろにつける。

「そこはなんだ？」

「僕のいた世界に繋がったんだ」

「おまえの？」

気を失っているイーロスを抱いたまま、フォルティスが驚いている。

「それでは、元の世界に帰るのか？　だが、また消えているぞ？」

「えっ？」

振り向くと三条たちがいた空間がなくなっている。

「なんで？　……まさか……」

九郎が耳から翻訳ピンを抜くと、ふたたび三条たちがいる研究室と扉が現れた。

「おい、突然消えるなよ！」

三条が怒っている。

「この翻訳ピンをつけると、なぜか消えちゃうみたいなんだよ」

九郎が説明した。

「へえ。なんでかな……。あとで調べてみるからこっちに来いよ」

「せんぱい飯食いに行きましょうよ」

仁村が手招きしている。

「……戻ったら、もうこの世界に来ることは、できないんだよな？」

三条に問いかける。

「当然だ。そこは俺の設定した指標外の場所だ。今回何度も接続できているのは、市川がそこにいるからだ」

「僕がいると繋がったままということか？」

「この扉は、こっちと向こうで質量が同じでないと、移動しない仕組みだ。そうしておかないと、偏《かたよ》った重みで空間が歪むからね。空間が歪んだままにしていると、いずれ崩壊する」

「僕がここにいると……この世界が壊れるってこと？」

「そういうことだ。おそらく、現時点でも本来あるべき姿を損なっているはずだ」

三条の言葉に、九郎ははっとする。

(姉の本と話が違っているのはそれが原因なのか？)

フォルティスは悪役王子ではなく、平民令嬢が悪者になり、トニエス王太子と結ばれなくなった。それはすべて、九郎がこの世界に来てしまったからだというなら……。

「僕のせいで……」

「本来なら俺が迎えにいくべきところだが、そうなると質量がさらに偏る。そっちだけでなく、俺たちの世界にも影響が出るだろう」

「でも僕は……この世界で生きていくと決めたんだ」

フォルティスと結婚してイーロスを育てる未来を思い描いていた。

「諦めろ。おまえの頭上が見えるか」

三条の言葉に九郎は視線を上げる。

「う……」

そこには、黒い霧のような穴が各所にできていた。それらは急速に広がっている。

「……元の世界に戻らなければ、僕が今いる世界は壊れる。戻れば、二度とこの世界には戻れない……」

どちらにせよ、フォルティスとイーロスとの幸福な将来は、消滅することになる。

「そんな……」

九郎はがっくりと膝をつく。

「○▲□×○▲□×?」

背後でフォルティスの声がする。おそらく、九郎に状況説明を求めているのだろう。

「フォルティス……」

九郎が振り向くと、美しい顔を持つ男が心配そうな表情でこちらを見ている。

「ずっと……このままでいたかったのに……」

自分が戻ればここは壊れずに元の物語の世界に戻る。もしかしたらフォルティスは悪役王子に戻ってしまうのかもしれない。でも、悪役でも消えることはない。辺境の地へ流刑《るけい》されるだけだ。

あの平民令嬢が戻ってきて王太子の妃になるのはちょっと悔しいけれど、セイラだって本来は素直で優しい娘の設定だったのである。

「三条、最後にお別れだけ言わせてくれ」

「時間軸もズレているみたいだから、急がないと戻れなくなるぞ」

わかったとうなずきながら九郎は翻訳ピンを耳の後ろに刺す。すっと研究室への穴が消えた。

「また消えたが、どうしたんだ？」

困った顔で問われる。

「すぐ出せるから大丈夫。あのね……」

九郎はフォルティスのほうへ歩いて行く。彼が抱えているイーロスは、肩を枕に眠っていた。

「僕は……行かなくてはいけない」

イーロスの背中を撫でる。

「俺の妻になってくれるのではなかったのか」

眉間に皺を寄せて見下ろされた。

「そうしたいけれど、できなくなった。僕はここにいてはいけない人間なんだ。いつまでもいたら、世界が歪んで……壊れてしまうんだって……」

九郎は空を見上げる。

「ほら、黒い霧のような穴があるだろう?」

「あれは雨雲じゃないのか?」

「違うよ。空間の歪みだ。もしかしたら、壊魔鳥もあの穴からここに来たのかもしれない」

九郎がここに飛ばされてすぐに、イーロスは壊魔鳥に追いかけられたのである。可能性がなくはない。

「なぜおまえがいると、空間が歪まなくてはいけないんだ?」

理解できないと訴えられる。

「簡単に言うと、重さが偏るのがいけないらしい」

「重さ?」

「天秤《てんびん》だよ。重さがつり合わなければ傾いて、最後にはひっくり返ってしまうだろう？」

「それが世界規模で起きているということか……」

フォルティスが納得している。

「い……今まで、ありがとう」

九郎の瞳から涙が溢れる。

「俺を幸せにしてくれないのか」

フォルティスから再度問われた。その言葉を聞いて、九郎は泣き崩れそうになる。

「せ……世界が壊れてしまったら……幸せどころでは……ないだろ？」

半分しゃくり上げながら答えた。

「おまえがいなければ、俺は幸せになれない」

フォルティスの言葉に、九郎は目をつぶって頭を下げる。ぽとぽとと涙が落ちた。

「イーロスを、頼みます」

うつむいたまま九郎はフォルティスに背を向ける。

研究室に戻る穴を出すために、耳裏のピンを抜こうとしたところ……。

「重さを同じにするのなら、何か他のものを向こうに入れればいいんじゃないか？」

という言葉が聞こえた。

(同じ重さ？　そうか！)

九郎はピンを抜いて穴を出すと、そこへ駆けていく。

「三条！　僕と同じ重さのものをそっちに行かせれば、世界は壊れないのか？」

大声で質問した。三条は厳しい表情でうなずく。

「理論上はそうだが、おそらくあと五分も保たないだろう。この研究室まで歪んできた。急いでくれ」

確かに扉の向こうにも黒い霧が出現している。

「そんな……」

九郎の足下も波打ってきていて、本当にすぐにも崩壊しそうだ。

「ごめん。もうここにはいられない」

振り向いてフォルティスに叫ぶ。だが、翻訳ピンを抜いていたので彼には言葉が通じなかった。

急いでピンを付けようとしたが、手からポロリと落ちてしまう。草むらの中にしゃがんで拾おうとしたところ……。

「あれは！」

フォルティスの後方から、黒いものが迫っていた。

「フォルティス！　後ろ！　後ろに壊魔鳥が来ている！」

大声で叫ぶ。

けれど彼には、言葉が通じなくてわからないらしい。

「後ろだよ！　鳥が来ている！」

羽ばたく真似をして、九郎はフォルティスに訴える。

黒い壊魔鳥が、口を開けていた。

フォルティスが抱えているイーロスの頭を、食べようとしているのかもしれない。

九郎のジェスチャーがやっと通じたのか、フォルティスが振り向く。

「○▲□×！」

イーロスを抱えていないほうの手ですばやく剣を抜いた。

「グギャギャ！」

フォルティスと壊魔鳥の声が交差する。

イーロスを抱えて動きが制限されているフォルティスに、毒の爪を向けて飛んできていた。鋼のような羽と脚が、中庭で戦ったときと同じようにフォルティスの剣を折ろうとしている。

だが、フォルティスの剣は前回よりも太くて長かった。勢いよく接近してきた壊魔鳥の両足を、スパッと切り落としたのである。

「やった！　……えっ？」

足を落とされた壊魔鳥が、バランスを失いながら九郎のほうへ飛んできた。

「うわわわっ」

慌てて草むらに臥せると、九郎の頭上をかすめていく。

「え？」

壊魔鳥が飛んでいった方向には、研究室と繋がっている扉の穴がある。

顔を上げると、壊魔鳥が扉のむこうに飛び込んだのが見えた。

「わああああっ！」

仁村の声が聞こえたが……。

バタンと扉が閉じた。

「扉が……」

閉じた扉が、すうっと消えていく。扉と同じく、頭上に広がっていた黒い霧が消え失せた。

「これって……」

九郎は草むらに落ちていた翻訳ピンを拾うと、耳に刺しながらフォルティスがいる方へ行く。

「おまえの重さと壊魔鳥の重さは、同じだったんだな」

フォルティスが笑っている。

「わ、笑い事じゃないよ……壊魔鳥が研究室に入っちゃったんだよ。今頃大変だ」

「毒の爪はなくなっているから、大きな被害はないだろう」

草むらにフォルティスが切り落とした足が転がっていた。

「僕は、この世界にいてもいいのかな」

「地面はしっかりしているし、空も綺麗だ。空間の歪みはどこにも見えない」

周りを見渡して言うと、フォルティスは九郎に顔を戻す。

「あとはおまえが俺を幸せにするだけだ」

笑顔で告げたフォルティスに、九郎はふたたび泣きそうになる。

「幸せにしてやる。嫌だっていってもずっと一緒にいて、幸せにしてやるから！」

叫びながら抱きついた。

エピローグ

「よし！　できたっす！」

　仁村が研究室で叫ぶ。

「何ができたって？」

　三条が怪訝な表情で振り向いた。

「飾ってみたんすよ。かっこよくないすか？」

　研究室の天井から、大きな鳥のオブジェがぶら下がっている。

「それ市川が見つかったら、向こうの世界と交換する鳥だぞ。玩具《おもちゃ》にしないでちゃんと保管しておけよ」

　三条が窘めた。

「でかくてロッカーに入らないから、こうして天井から吊るしたんすよ。これなら邪魔にならないっしょ？　しかも市川先輩が見つかったら、すぐに出せます」

ドヤ顔で仁村が返す。

「ああまあ、そうだな……」

確かにと、三条は天井からワイヤーで吊るされた鳥を見上げた。

「ここに飛び込んできた時は黒いカラスみたいだったのに、飛び回って暴れたあとは石膏《せっこう》のように固まっちまいましたね」

仁村も見上げながら首をかしげている。

「異世界の鳥だからな。死んだら組織がここで維持できなくなり石膏化したんだろう。おそらく市川も、あっちで死んだらこうなる」

「うわ……やばいっすね。まだ向こうに繋がらないんすか？」

「この鳥が入ってきたことで、あっちとの繋がりが切れたからな」

三条はどこでも扉を見つめながらため息をついた。

「まさか市川先輩と同質量の鳥が来るとは、驚きっすよ」

「いや、誤差はある。あるからこそ捜索が可能なんだよ」

「そうなんすか。にしても、不思議ですよね。市川先輩があっちに消えて扉が閉じたら、俺と三条先輩以外は先輩のことを憶えてないんですもん。市川先輩の姉上も、弟なんていたかしらって変な顔するし、教授たちもそんな院生いたかなとか言うし」

「俺たちはあっちの世界と交流したせいで記憶が残っているが、関係ないところでは存在そのものが消えてしまったと考えられる。市川が戻ればみんなの記憶も戻るはずだ」

三条がプログラムに数字を打ち込みながら答えた。

「あと、もうひとつ不思議なのは、市川先輩の姉上が読んでいた本なんすよね。悪役王子が、王太子と平民令嬢から王位を簒奪しようとするとかいうタイトルだったのが、『悪役王子に異世界で溺愛されてしまいました』に変わっていて、悪役平民令嬢が憎たらしーって叫んでました。以前は平民令嬢に感情移入して憐《あわ》れんでいたって、市川先輩から聞いていたんすよ?」

仁村が腑に落ちないという顔をする。

「そういう箇所まで自動修正されたのか……。だがそれも市川が戻れば直るだろう。俺たちの記憶が修正される前に、市川を戻さないとな……」

「戻せそうっすか?」

「座標は見つかったが、時間軸にズレがある」

「座標があったんすか。さすがっすね先輩!」

驚きと尊敬のまなざしを仁村が向ける。

「時間軸のズレは結構厳しい。向こうの数ケ月が、こっちじゃ半日にもならなかった。昨日あたりをつけて扉を開けてみたんだが……」

「異世界に通じたんすか？」

「通じた。向こうにも行ってみた」

「行ったんすか？　俺も行きたかったっす！」

仁村が悔しげに頬を膨らます。

「連れて行けるような世界ではなかったよ。向こうに出てしばらくすると、どこからともなくそこに吊るされたのと同じ黒い鳥が現れて、襲ってきた。なんとか街中に逃げて、三日ほど宿屋に潜伏《せんぷく》してからここに戻ったんだぞ。言葉は通じないし飯《メシ》は口に合わないし、まいったよ」

「ええええ？　三日もいたんですか？」

仁村が目を丸くする。

「ああ。だがここの時間は十分程度しか過ぎていなかった」

「へえー。でもよく宿屋に泊まれましたね。言葉もですがお金もないですよね」

「それがさ。ちょうど王子が誕生したとかで、宿と食事はお祝いで無料だったんだ」

うなずきながら三条が答えた。

「王子ってあのライトノベルの？」

仁村が記憶をたぐるように天井の鳥を見る。

「トニエスって聞こえたからそうだろう。あの物語では設定が二十五歳だから、俺は二十五年前に行ってしまったと推測される」

三条も腕組みをして鳥を見上げた。

「それならまだ悪役王子は生まれてないっすね」

トニエス王子を産んだ王妃が亡くなり、フォルティスの母親が次の王妃となって二年後に出産するのである。

「そんじゃあ、時間軸をもっと進めたら、五十年後に行くこともできるんすか？」

「もちろんだ。かなり危険だからやらないけどな」

時間を行き来すると現世にまで影響を及ぼし、自分が消えてしまう可能性もある。

「でももし五十年後に行ったら、お爺さんの市川先輩に会えるってことですよね」

楽しそうに仁村が言う。

「どうかな。あいつの時間軸はここにある。あの世界では年を取らないかもしれない」

「えー若いまんまっすか？」

「五十年後だと変わらないだろうな。だが、現在はここと繋がりが切れているから、あっちの時間で老いていく可能性もある。爺さんになった市川を戻すわけにはいかないから、できるだけ近い時間軸を探す必要はあるな。さて、こっちはそろそろ昼飯の時間だ」

腕時計に視線を落として仁村に言う。

「あれ？　三条先輩いつもの腕時計どうしたんすか？　お爺さんの形見のやつ」

「考え事していてどっかに置き忘れたらしい」

「研究のしすぎっすよ」

「急がないと市川を戻せないだろ」

「そっすね」

「市川は翻訳ピンがあるから言葉には困らないと思うが、異世界であの不味《まず》い飯を食わせ続けるのも気の毒だしな」

「そんなに不味かったんすか？」

「翌日から厨房借りて俺が作った」

「三条先輩の家は有名なリストランテですもんね」

やっぱり料理もできるんだ、という目で仁村が返す。

「言葉が通じないからレシピを絵で描いてやったが、実演で宿屋の主人に教えた方が早かったってこともある」

「それは大変でしたね。市川先輩も今頃うんざりしているかもしれませんね」

「だろう？　だからゆっくりしていられないんだ」

三条の言葉に神妙な表情で仁村はうなずき、二人は研究室を出た。


「ごちそうさま。今日も美味しかった！」

食堂で九郎は給仕に向かって礼を告げる。

「良かったです。我が王宮の料理長は、王国一の腕前ですからね」

給仕が自慢げにうなずいた。

「王国一なんだ」

「ええ。二十五年前に王国の料理人コンテストで一位を取ってから、ずっとその座を維持しております」

「二十五年間もずっと？」

驚いて九郎は目を丸くする。

「しかも料理長になる前は、宿屋の主人だったんですよ」

お茶を持ってきた侍女が言った。

「外国から訪れた旅人から教わったレシピを、自分なりに改良して素晴らしい料理に仕上げたと聞いております」

九郎の前にお茶の入ったカップを置く。

「そうなんだ。素晴らしいレシピだったんだろうね」

「ここでお出ししているメイン料理の大半は、そのレシピからだそうです。ただ、外国語で記されていて、実演を見た料理長でないと理解できないとうかがっています」

「ふーん。どんな言語なんだろう」

外国の言語と聞くと興味が出てしまう。

「そろそろ、ご婚礼のお支度《したく》をいたしませんか」

侍女が申し訳なさそうに提案する。

「そ、そうだね」

今日はこれから、フォルティスが王太子になる立太子の儀式がある。そのあと、九郎との婚礼の儀式もすることになっていた。

フォルティスは王太子になるけれど、将来は甥のイーロスにその座を譲る。そのことを王国内外に知らしめるために、九郎との婚礼も一緒にするのである。

「……でも……」

九郎は表情を曇らせる。

「どうかなさいましたか？」

心配そうな目を向けられた。

「フォルティスの妻が僕でいいのかなと……」

九郎のいた世界では、同性同士の結婚が増えてきていた。とはいえ、この世界ではどうなのか、このところ不安を抱いていた。

「何か悪い事でもございますか？」

侍女が首をかしげる。

「イーロスの母親代わりなのはいいけど、暫定とはいえ王太子になるフォルティスの妻が、他所から来た男の僕でみんなはいいのかなって……」

ストレートに疑問をぶつけてみた。

「あの……そのご予定でフォルティスさまはクロウさまをここにお連れしたのだと、初めからわたくしどもは承知しておりましたよ？」

意外そうな表情で侍女が答える。

「え？　初めから？」

「はい。とてもお綺麗で教養も高くていらっしゃり、フォルティスさまにお似合いだと、使用人たちと一緒に喜んでおりました」

「お、お似合い？」

「王子さまのお相手は容姿や教養はもちろんのこと、イーロスさまのご養育にも携われるお人柄でなくてはなりません。性別につきましては、王位継承権をいずれ返上すると以前からおっしゃっておられましたので、男性を妻にお迎えになられることもあると、皆も承知しております」

「そ、そ、そ、そう……」

自分はここに来た当初から、侍女たちにそう思われていたのだ。

「クロウさまもそのおつもりでいらしたのでしょう？　そうでなければ、同じベッドで過ごされたりしませんよね？」

侍女から笑顔を向けられる。

（え……？）

当初、ベッドはあれひとつだと言われていたので、しょうがないから一緒に寝ていたのだ。とはいえ、本当に嫌だったら長椅子などで寝ることもできたはずである。それをしなかったのは……。

（まあ……悪くなかったからだけど……）

妻になるなんて夢にも思っていなかった。だが、嫌ではなかったことは確かである。そして今は、当然のように抱き合って眠っていた。

「そうだね……」

九郎も侍女に納得の笑みを返す。

「みんなが認めてくれているのなら、いいんだ」

「もちろんですわ」

大きくうなずいた侍女を見て、九郎はほっとする。


九郎が文官の正装に着替えていると、イーロスが乳母に連れられてきた。

「うわあ。イーロスかわいいね！」

レースを重ねた真っ白なジャボと上着に、ちょうちんブルマーっぽいズボンを穿いていた。ふわふわ金髪の上に、小さな宝冠が載っている。

「クロウもかわいいよ」

イーロスが九郎を見上げて言う。

「そ、そうかな……なんか派手じゃない？」

両腕を広げて、自分の姿を見下ろす。

九郎が着ているのは、文官の服に宝石や金銀の刺繍を施したものである。袖口や衿の周りなど、かなりキンキラでゴージャスな仕立てだ。

「ご婚礼ですので地味なくらいですよ」

乳母に説得される。

「そうでございますよ。立太子の儀式に臨まれるフォルティス王子さまは、もっと華やかな装いですもの、このくらいでないと釣り合いませんわ」

侍女が付け加えた。

立太子と婚礼の儀式は、サスティーン王国の神殿で行われる。

王宮と同じ丘の上に建っていて、中世ヨーロッパ時代の教会と似た造りだ。高い天井と繊細なステンドグラス、黄金で飾られた豪奢な神殿内には、荘厳な雰囲気が漂っていて圧倒される。

（本当に豪華だ）

最奥の高くなった祭壇にビロードの天幕がかかっていて、その下に快復した国王が座っていた。国王の王冠には、巨大な宝石が嵌められていて、半端なく輝いている。

国王の前には、フォルティスが跪いていた。王太子の式服を纏っていて、黄金色のモールや宝石があしらわれた勲章《くんしょう》が煌めいている。

まるでルーヴルにある西洋絵画のようだと九郎は思う。

司祭が王太子となる責務や心得などを述べ、神殿内にいるすべての者が神妙な顔で聞いている。

「王太子の責務を果たす覚悟はできておるか」

国王がフォルティスに問いかけた。

「サスティーン王国のために、王太子の責務を全うすることを誓います」

フォルティスは誓いの言葉を返し、頭を下げる。

国王の横に立つ司祭が前に出て、王太子の宝冠をフォルティスの頭に載せた。宝冠を被ったフォルティスが立ち上がると、祝福の歌が神殿内に響き渡る。

（すごい、かっこいい……）

最後列で見ていた九郎は、感動で涙を滲ませた。

けれど……。

「では参りましょうか」

宰相から促され、はっとして九郎は立ち上がる。

（そうだ。次は僕だ……）

　緊張で涙が引っ込む。

　九郎は宰相にエスコートされながら、王族や貴族が居並ぶ神殿内を歩く。人々の視線を感じて、緊張で足ががくがくしてきた。

　眩暈《めまい》がしそうになっていると……。

「クーロウ！」

　イーロスの声が聞こえた。

「あ……」

　王族が座る最前列に乳母といて、こちらに手を振っている。それまでしーんとしていた神殿内に、ざわめきと笑い声が響く。

「相変わらずかわいらしいですなあ」

「亡き先々代の王太子殿下そっくりになられてますな」

「あのお方が大きくなられるまで、我々も頑張らなくては」

「フォルティス王太子殿下とクロウ妃殿下とともに、力を尽くそうではないですか」

　神殿内になごやかな空気が流れ、九郎も緊張が少し緩む。

「ではあちらへ」

宰相に促され、九郎は国王の前で跪いた。

「これより、クロウ氏がフォルティス王太子殿下の妃となる婚礼の儀式を行います」

司祭が開始を告げる。

国王が先ほどと同じく、王太子妃の責務と心得を言い渡す。違うのは、そのあと司祭ではなくフォルティスが小さな宝冠を持ち、九郎のところ歩いてきたことである。

「王太子妃になることを誓うか？」

フォルティスから問いかけられた。彼の低くてよく通る声が神殿内に響き、質問に重厚さが増している。

「……はい、誓います」

最初声が上ずったが、承諾の言葉を告げて少し顔を上げた。九郎に目に、笑顔のフォルティスと黄金に煌めく宝冠が映る。

「王太子妃の冠を授ける」

頭上にそっと宝冠が載せられた。見かけよりもずしりとした重さを感じる。本物の金と宝石で作られているからだろう。

歓声が上がり、拍手が起きる。

祝福の歌がふたたび神殿内に響き渡った。

儀式が終わると、夜の宴まで王太子の間で休憩を取ることとなる。

（ここが王太子の間か……）

煌びやかな居間を九郎は見回す。

これからは。フォルティスが使っていた王子の間ではなく、トニエスやイーロスの両親がいた王太子の間で暮らすのだ。イーロスも一緒に移動するので生活はそれほど変わらないが、広さが三倍になった。警備も倍増している、

（寝室も三つあるみたいだけど、使うのはひとつだろうな）

イーロスの子ども部屋にもベッドが置いてあるらしい。

「俺の立太子の儀式よりも、おまえの戴冠《たいかん》の方が喜ばれていたな」

フォルティスは、苦笑しながら王太子の宝冠を外し、飾り棚に置いている。

「イーロスが声をかけたからだよ……あれ？　なんか、取れない……」

九郎も自分の宝冠を取ろうとしたが、髪に引っかかっていた。

「妃が祝福されるのはいいことだ。国内の融和《ゆうわ》にも繋がると昔から言われている」

フォルティスは飾り棚から戻ると、九郎の宝冠を取る手伝いをしてくれる。

「そうだといいけど。そういえば……妃にも戴冠するんだね」

頭から外せた宝冠を手に、九郎がつぶやいた。

「本来、妃はティアラなんだが、男のおまえにはそぐわないので特別に作らせた」

「これ、僕のために新たに作ったの？」

黄金の宝冠には凝った彫金が施されており、中央には丸い青紫色の宝石が嵌め込まれている。見るからに時間と手間がかかりそうだ。

「我が国で一番の彫金師に作らせた」

どうだすごいだろう、というふうに返される。

「それほど期間がなかったのに、見事な出来栄えだね。宝石の周りの彫金が細かくてびっくりだ」

「やはりそこに気づいたか。実は、宝石を嵌める台座は王家の宝物庫にあったものを一部流用している。元はなんだったのかわからないが、良い金が使われているらしい」

「そうだったのかあ……」

宝冠を目の高さに持ってきてじっと見つめる。

（この宝石の周りにある装飾って、どこかで見たような？　……そうだ、三条がしていた腕時計だ！）

彼は祖父の形見だという金時計をいつもしていて、その枠に装飾が似ていた。

「やはり使い回しは気に入らなかったか？」

「そうじゃなくて、友達がしていた時計と模様が似ているなと思って見ていたんだ」

「ふーん」

フォルティスは九郎から差し出された妃の宝冠を受け取ると、同じく宝冠を見つめる。

「美しい装飾というのは、どこの世界でも共通するものがあるのかもしれないな」

言いながら棚の方へ歩き、九郎の宝冠を王太子の宝冠の隣に置いた。

「そうだね」

飾り棚に並べられた二つの宝冠を見てうなずく。

「そして美しい妻を溺愛する夫も、おまえの世界にはいるだろう？」

戻ってきたフォルティスは、九郎の目の前に立つ。

「う、うん……」

頬を染めて九郎はフォルティスを見上げた。

「夫を溺愛する妻は？」

更にフォルティスから質問される。

「もちろんいるよ。……ここにもね」
笑顔で答えながら、九郎はつま先立った。
自分の唇をフォルティスの形のいい唇に近づける。
フォルティスもかがんで、九郎に唇を重ねた。
九郎の身体はフォルティスに抱き締められ、九郎も彼の背中に手を回して抱きつく。
夫婦になって初めてのキスは、深く長く続けられた。
こうして異世界で、九郎の幸せな夫夫《ふうふ》生活が始まったのである。

おわり

あとがき

こんにちは。しみず水都《みなと》です。このたびは拙作をお手に取っていただき、ありがとうございます。あ、今は電子書籍もご利用いただいていますね。ダウンロードしていただいた読者さまにも、御礼申し上げます。

今回の作品は、現代の研究者である主人公が、とあるハプニングで西洋風異世界に飛ばされてしまうところから始まります。そこで出会った悪役王子に連行され、王宮でどんどん深い関係にと、タイトルそのまんまなお話です。

とはいえ、陰謀《いんぼう》あり、戦いあり、ほのぼのあり、H《エッチ》ありで最後まで物語も楽しんでいただける仕様になっています。

この作品の執筆に至った経緯ですが、少し前に、「セクシーな悪役王子ってどうかなあ」

と、漠然と頭に浮かんできました。

美青年でしっかり筋肉がついていて頭も切れるヤバイ感じの男。そんな悪役系王子にロックオンされて、あれこれやられちゃう現代の理系青年。

いいなあこの設定。これでお話を書きたいなあと思っていた矢先、編集さんと打ち合わせをする機会がありました。どうでしょうと打診したところ、ＯＫをいただき、このお話を書くことができたのです。

今回書いていて、めっちゃキャラ立ってるなーと感じたのは、脇役の平民令嬢ですね。おそらくお読みになられた方も、「なにこの女！」とムカついたのではないでしょうか。私もムカムカしながら書きました。でも、あまりに突き抜けているからか、だんだん憎めなくなってきて、最後にはすごいなあと感心してしまったり……。

まだお読みになられていない方は、あーこういうことだったのねと、読後に感じていただけたらと思います。

無駄知識的な情報として、現代研究者の苗字《みょうじ》は数字にちなんでつけてみました。市川《いちかわ》（イチ）、仁村《にむら》（ニ）、三条《さんじょう》（サン）という感じで、主人公は名前まで数字です。

異世界の登場人物も数字っぽい名にしたかったのですが、英語だとイマイチしっくりこなくて、なんとなく数字っぽい雰囲気の人が数人いる程度です。あ、もしかしてこの人の名は！　とお気づきになられた方がいらしたら嬉しいです。

衣装についても、西洋風とはいえ異世界なので私の好みをぎゅうっと詰め込み、名前と同じくわりと自由に設定しました。

お城も、外観や周りの森林はドイツ風ですが、内装はオーストリアの宮殿をイメージしていたりと、『いいとこ取り放題』で執筆しました。

もちろんオリジナルも沢山あります。危険な黒いアレとか九郎《くろう》が耳の後ろに付けているアレとか、異世界に飛ばされた原因となったアレらですね。最後のアレは超有名マンガのリスペクトですが、多くの人たちにとっても憧れの逸品だと思います。

イラストを担当してくださったみずかねりょう先生、お引き受けくださりありがとうございます。他のレーベルですが、以前西洋風ファンタジーのイラストをお願いしたことがありました。うっとりするほど素敵な絵を描いていただき、とても感動したことを今も鮮明に覚えております。

今回のお話もみずかね先生の絵柄が合うなあと思っていたので、嬉しかったです。

担当してくださった編集さま、ナイスタイミングで打ち合わせできて、しかも漠然とした異世界設定にＯＫをくださり、ありがとうございます。とても満足した作品になったのも、担当さんのおかげです。

そして読者の皆様！　『悪役王子と異世界ロマンス!?　溺愛モードでロックオンされています』はいかがでしたでしょうか。

楽しんでいただけることを願っております。

しみず水都

セシル文庫をお買い上げいただき、ありがとうございます。
この本を読んでのご意見・ご感想・ファンレターをお待ちしております。

☆あて先☆
〒154-0002　東京都世田谷区下馬6-15-4
コスミック出版　セシル編集部
「しみず水都先生」「みずかねりょう先生」または「感想」「お問い合わせ」係
→Eメールでも OK！　cecil@cosmicpub.jp

セシル文庫

悪《あく》役《やく》王《おう》子《じ》と異《い》世界《せかい》ロマンス!? ～溺愛モードでロックオンされています～

2023年6月1日　初版発行

【著者】　しみず水都《みなと》
【発行人】　相澤　晃
【発行】　株式会社コスミック出版
〒154-0002　東京都世田谷区下馬6-15-4
【お問い合わせ】　- 営業部 -　TEL 03(5432)7084　FAX 03(5432)7088
- 編集部 -　TEL 03(5432)7086　FAX 03(5432)7090
【ホームページ】　http://www.cosmicpub.com/
【振替口座】　00110-8-611382
【印刷／製本】　中央精版印刷株式会社

ISBN978-4-7747-6476-4 C0193